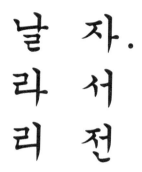

날 자.
라 서
리 전

1

Bird in Space by Essays

날라리 자서전

ⓒ 이혁, 2016

초판 1쇄 발행 2016년 6월 17일

지은이   이혁
펴낸이   이기봉
편집   좋은땅 편집팀
펴낸곳   도서출판 좋은땅
출판등록 제2011-000082호
주소   경기도 고양시 덕양구 동산동 376 삼송테크노밸리 B동 442호
전화   02)374-8616~7
팩스   02)374-8614
이메일   so20s@naver.com
홈페이지 www.g-world.co.kr

ISBN   979-11-5982-181-3 (03810)

이 도서의 국립중앙도서관 출판시도서목록(CIP)은 서지정보유통지원시스템 홈페이지(http://seoji.nl.go.kr)와 국가자료공동목록시스템 (http://www.nl.go.kr/kolisnet)에서 이용하실 수 있습니다. (CIP제어번호 : CIP2016014232)

James
이혁기
이발기
이혁
ENZO

사람들에게 낭만을 갈망하며 성공을 꿈꾸는 한 청춘의 발버둥을 감각적인 경지에서 표현하고 싶다. 방황의 폭풍이 지나간 후에 회상한 글이 아닌, 방황하는 와중에 내뱉은 어리석은 말들의 모음. 하지만 그 어리석음은 진실하다. 또한, 이 한 명의 청춘이 그토록 삶을 어려워하면서도 언제나 그 속에서 삶의 이유가 되어주는 낭만을 목격하는 것을 공유하고 싶다. 그리고 그는, 그 모든 삶의 낭만을 예술이라 부른다.

I provide, you translate

Artist on pen and keys

I.   나는 건강하고 싶다, 건강에 안 좋은 것들을 하기 위해

II.　조각낸 추상화

III.　Blue Period

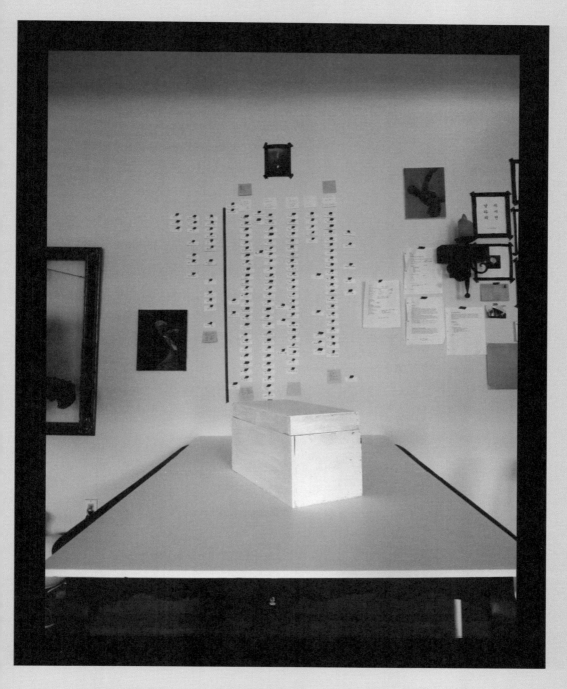

나는 건강하고 싶다, 건강에 안 좋은 것들을 하기 위해

아름다웠던 목록

자동차를 타고 고속도로를 지날 때면 길이 막히는 것이 이해 가지 않았다. 길은 어디서부터 어디까지 왜 막히는 것인지 궁금했다. 비가 오면, 오늘은 비가 그치는 지점이 어디이며 나는 과연 살면서 그 지점에 서볼까를 궁금해했고, 밤길에 쫓아오는 달로부터 한 번쯤은 어리석게 몸을 숨겨보았다. 믿거나 말거나 박물관에 있던 모든 것을 의심 없이 믿었고, 거짓말의 종류엔 하얀 거짓말과 검은 거짓말 두 종류뿐인 줄 알았다. 악보단 항상 선이었고, 어머니께서 옷이 곧 줄 테니 한 사이즈 큰 옷을 고르라고 하실 때 난 시간이 지나면서 옷이 줄어드는 줄 알았다. 처음으로 볼일을 보러 나가신다는 어머니를 따라 나섰을 때, 어머니는 전등과 조명을 고르러 나가셨고, 난 볼일 본다는 것은 무조건 전등이나 조명을 고르는 일인 줄 알았다. 사진만큼 아름다운 현실이 아직 가보지 못한 어딘가에 존재할 것 같았고, 아프리카엔 빌딩이 없는 줄 알았다. 사랑하면 절대적으로 아름다운 줄 알았으며, 결혼은 살면서 누구나 당연히 거쳐야 하는 절차라고 생각했다. 스위스의 공기가 맑은 줄도 모르고 스위스를 사랑했고, 생일파티를 할 때면, 파티가 끝날 두려움을 생각할 여유도 없이 즐거웠다. 크리스마스이브면, 산타클로스를 훔쳐볼 생각에 잠자는 척하다 잠이 들곤 했고, 세상은 마냥 밝았다. 미국 대통령이 세상에서 제일 부자인 줄 알았다. 천국과 지옥에서는 모두가 영원하다기에 나는 지구가 멸망하고 우주가 없어져도 천국이나 지옥 어딘가에서 끝없이 살아 있을 거라는 생각에 가끔 답답함이 밀려오기도 했다. 알고 있는 것보다는 모르는 궁금증이 더욱 많았지만, 굳이 내가 질문들에 대한 답을 몰라도 현실 어딘가엔 답이 존재한다는 것을 알기에 위안이 되곤 했다.

그땐 몰랐다.
깨끗했다.

ENZO

글을 쓴다는 것

글을 읽기보다 쓰기를 먼저 시작했다고 할 수 있겠다. 글쓰기는 일기로 시작하였다고 할 수도 있겠다. 어렸을 적 부모님에 의해서든 숙제에 의해서든, 하루 일과를 기록하기 위해 쓰기 시작한 글은 나이가 들어가며 그 형태가 변질되었다. 어느 순간부터, 사랑을 경험한 후부터라고 말하고 싶다, 나를 중심으로 쓰는 글은 더 이상 단순히 나의 하루를 기록하는 행위가 아닌, 나의 상념을 표현하는 행위로 바뀌었다. 그렇게 조금씩 눈으로 보았던 것, 혹은 만져보았던 것을 대신하여 나의 내부 외에는 그 어느 곳에도 존재하지 않는 것들에 대해 글을 쓰기 시작하였다. 나의 글쓰기는 기록에서 시작되어 표현으로 진화한 것이다. 사랑은 계절과 함께 지나갔지만 글 쓰는 행위는 추억과 함께 남았다. 글을 씀으로써, 주제를 막론하고 나는 외부와 치밀하게 결부되어 있지만 철저하게 별개인 세상이 우리 각자 안에 따로 존재한다는 것을 발견할 수 있었고 그것을 백지 위에 표현한다는 것의 중요성을 깨달았다. 글을 쓴다는 것은 어떤 사회적 목적을 떠나서 자신을 아낄 줄 아는 사람이라면 모두가 행해야 된다고 생각하는 행위이다. 그것은 누군가에게 이해받기 위하거나 인정받기 위한 행위가 아닌, 매 순간 증발하는 자신을 사냥하여 잡아두는 일이다. 글쓰기란, 남에게가 아니고 자신에게 이해받기 위한 최소한의 행위다. 나는 결국 글 쓰는 습관이 그 목적을 확장해버려 타인에게 메세지를 주기 위한 수단으로도 쓰고 있지만, 그럴 필요는 없다. 내가 만약 글을 쓰지 않았다면 내 인생은 지금 존재하는 것의 반만 존재했을 것이다. 시간은 냉정하고 고지식하기에 훗날 당신을 잊고, 세상은 괘씸하기에 당신을 마음대로 오해하고는 그것을 풀려 하지 않는다. 하지만 가까이서 본 개인의 삶은 나머지 세상에 묻히기엔 너무나도 가치 있고 드라마틱하며, 그것을 남에게 피해주지 않고 가장 확실하게 표현할 수 있는 방법이 글이다. 글을 쓰다 보면 자신이 보인다. 자신이 누구이고 지금 어디에 있으며 무엇을 바라보고 있는지가 보인다. 미분화된 정체성에 대한 두통이 줄고, 자신 안에 구부리고 있는 영감들의 허리를 세워준다. 자신과의 소통이 되는 것이다. 나는 그랬다.

　　　나의 글쓰기 습관은, 대부분의 경우 무엇을 표현하고 싶은지 모른 채 펜부터 든다. '무엇을 써야겠다'보다는 '지금 글이 쓰고 싶다'로 시작된다. 펜을 들었다고 해서 절대 주제가 있는 것이 아닌데, 펜을 들면 잉크는 위대하게든 추잡하게든 종이 위에 일단 번지기 시작한다. 그리고 나는 그 순간 술자리에서 친구들에게 하소연하는 듯한 위안을 받는다. 단지 대상이 친구들이 아닌 백지일 뿐이다. 그 백지는 허공이고 무지이며, 아직 만나지 않은 당신이며, 추억과 함께하는 미래이다.

　　　나는 독서를 많이 하지 않았다. 내 한평생 자진해서 읽은 책을 모두 꼽아봐도 30권이 되지 않는다. 독서를 충분히 하지 않고는 글을 쓰려는 엄두도 내지 말라는 듯한 사람들도 있다. 하지만 독서와 집필은 완전히 다른 개념이다. 독서란 저자의 의도를 염두에 두고 성격을 상상하며 결국엔 주관적으로 창조해나가는 간접 경험인 반면, 글을 쓴다는 것은 자신의 외부와 내부 사이에서 조율하며 그것을 기호로 창조해나가는 행위다. 독서가 사유 범위를 넓혀주는 것은 사실이지만, 독서 외에 다른 수단으로도 사람들은 논리적 생각이나 추상적 상념의 폭을 넓혀간다는 것을 알아야 한다. 독서는 분명히 위대한 행위일 가능성이 높지만, 주관이 부실한 이에겐 무의식중에 자신의 순수함을 훼손하는 행위일 수도 있다. 글을 읽을 때마다 그 내용을 참고하는 것이 아닌, 완전히 자신의 것인 마냥 물드는 젊은이들이 있다는 것은 무시할 수 없는 사실이다. 그들은 가장 최근에 읽은 책이 늘 가장 최근의 정체성이 되어 버린다. 독서광이 아닌 이상, 책은 위험할 수도 있다는 것이다. 자신에게 맞는 독서법을 찾아야 한다. 나는 읽은 책이 몇 권 되지 않지만, 그러하기에 어쩌다 읽는 한 권은 줄을 쳐가며 뽕을 뽑는 습관을 갖고 있다. 속독하기보다는 한 글자 한 글자 읽으며 마음에 드는 문구를 하나도 빠짐없이 고정시키는 것이 나의 독서법이다. 어디서 1,000권 읽은 사람이 나에게 다가와 고작 30권 읽고 어디서 감히 글을 논하냐는 듯한 발언 따위는 안 해줬으면 좋겠다. 나는 당신이 젓가락 잡는 자세로 뭐라 하지 않는다. 나는 30권의 뽕 뽑은 독서와 수많은 다른 요소와 경험들을 통해 감수성의 영역을 넓혀갔다. 글에 대한 지식은 확실히 부족할 테지만, 나의 무식하고 자유로운 표현은 누군가에겐 맛깔 나는 글일 수 있으며, 그 이전에 때로는 나 자신에게 위로가 되는 가치 있는 글이다.

하지만 독서는 결국 좋은 것이다. 책벌레가 아니고도 글을 쓸 수 있다는 말을 하고 싶었던 것이지 독서가 불필요하다는 말을 하고 싶은 것은 아니다. 독서는 분명히 건강한 행위이다. 그것은 음악을 듣는 것, 영화를 보는 것, 그림을 그리는 것, 여행을 하는 것, 유흥을 하는 것, 그리고 거품목욕을 하는 것 같은 것이다.

글을 쓰기 위해서 준비해야 할 것은 없다. 성적을 위해 혹은 출판을 위해 글을 쓰는 것이 아니기에 글은 잘 쓸 필요가 없다. 더 잘 쓰고 싶다는 욕심은 철저하게 주관적인 것이며 그것은 글을 많이 쓸수록 자연스레 생기는 현상이라고 믿는다. 잘 쓰고 싶은 욕심은 건강한 생각임이 분명하나, 그렇다고 해서 잘 쓸 필요는 없다. 글 쓴다는 행위 자체에서 이미 잘하고 있는 것이라는 거다. 모든 것은 글을 쓰기 시작하며 시작되는 것이고, 글을 쓴 사람에게 어차피 다 쓴 글이란 없기 때문에 그것은 어떠한 완벽함을 위한 행위가 아니다. 글이 대단하고 대단하지 않고는 독자에 의한 주관적 판단과 저자에 의한 주관적 만족과 불만족이 있을 뿐이기에, 글 쓰는 행위 자체는 그 누구도 말릴 권리가 없다. 시이든 산문이든 글은 그냥, 존재의 외침이고, 독자는 그냥, 존재의 메아리다. 나는 그렇다.

사랑, 그 이전엔 아무것도 없었다

중학교 2학년 첫날, 새로 배정받은 반에 내가 알고 있는 친구는 아무도 없었다. 그 어수선하면서 동시에 어색한 교실 안으로 담임선생님이 들어왔고 우리는 바로 짝을 배정받기 위해 복도로 나가 키 순서로 남자는 왼쪽, 여자는 오른쪽 벽에 줄을 지었다. 키가 이모티콘같이 작던 나는 앞에서 다섯 번째쯤 폼을 잡고 서서 들뜬 마음으로 같은 반이 될 여자들을 스캔 중이었다. 키가 작은 여자, 말이 많은 여자, 키가 큰 여자, 치마가 짧은 여자, 안경이 두꺼운 여자, 이쁜 여자, 그리고 뚱뚱한 여자 등 장르는 다양했다. 나의 눈동자는 줄이 끊어진 강아지처럼 쉴 새 없이 돌고 있었다. 바로 그때, 앞에서 네 번째쯤 서 있던 여자와 눈이 마주쳤다. 그리고 그 짧은 순간에 대한민국에 있는 모든 학교종이 동시에 울림을 나는 들었다. 그녀는 물론 예쁘기도 했지만, 나는 그녀가 호기심 가득한 눈빛으로 나를 쳐다보던 그 생기 있던 눈빛에 목소리도 알기 전에 반해버렸다. 내가 겉으로 정확히 어떻게 반응했는지는 모르지만, 나는 티 나지 않도록 그녀가 몇 번째에 서 있는지 세어보고는 속으로 아쉬워하고 있었다. 그녀 키가 일 센치만 더 컸거나 내가 일 센치만 작았어도 우리는 짝꿍이 되어 수업시간에 장난치느라 수없이 혼나며 서로를 알아갈 수 있었을 텐데, 일 센치 때문에 운명이 우연이 되는 듯한 아쉬움이었다. 나는 내 호감을 들키지 않도록 주기적으로 조심스레 그녀를 힐끔 쳐다봤지만, 매번 눈이 마주쳤다. 나는 당황스러우면서 설렜다. 그러다 그녀가 돌발행동을 하였고 내 마음은 그 자리에서 무너지도록 솟구쳤다. 그녀가 바로 뒤에 서 있던 여자에게 귓속말로 몇 마디를 나누더니 자리를 바꾼 것이다! 나는 그녀의 대담함에 반하였다. 나는 그 장면들을 슬로모션으로 액자에 담았으며, 그 짧은 순간은 내 인생과 영원히 함께 간다.

첫사랑, 그 내 안에 빅뱅.
내가 삶을 의식하며 살 수 있는 삶은 처음 사랑에 빠지며 모두 시작되었다.

나는 유학을 가기 위해 중학교 2학년을 한 달가량 다니고 자퇴하였다. 우리가 짝꿍이었던 시간은 그렇게 짧았다. 하지만 그 짧은 호주머니 안에 내가 바랄 수 있는 보물은 전부 다 들어 있었다. 우리는 누군가 한 명이 "우리 사귈래?"라고 하는 식으로 촌스럽게 사귀지 않았다. 후라이팬 위에 올려져 있는 버터와 아이스크림같이 짧은 시간과 함께 물어볼 것도 없이 자연스레 섞여갔고, 그것은 "사귈래?" 따위의 약속보다 강렬했다. 나는 유학생이며 노는 아이였고, 그녀는 한국에 있으면서 공부하는 아이였기에 우리는 만날 수 있는 날들이 많지 않았다. 하지만 아무렴 좋았다. 나는 그녀와 떨어져 있는 시간 동안 크리스마스를 위해 종이학을 접고 팔굽혀펴기를 하였다. 눈에서 멀어지면 마음도 멀어진다는 표현은 아직 알고 있기 전이기에, 그런 거에 대한 위기의식도 없었다. 우리는 둘 다 너무나 어렸고, 정말 그 사랑하는 마음 하나만을 갖고 정원을 가꿔나갔다.

그녀를 위해 막연하게 글이 쓰고 싶기도 하고, 그림을 그리고 싶기도 했다. 캐논을 연주하기 위해 음치인 나는 피아노반을 등록하여 농구부에서보다 땀을 더 흘리기도 하였다. 방학 동안 한국에 들어와 있을 때면, 그녀를 볼 수 없는 것을 아는 날에도 복도식 아파트에 사는 그녀의 아파트에 올라가 복도에서 음악을 들으며 상상에 빠지기도 하였다. 그녀와 첫키스 하던 순간엔 볼에 경련이 일어나 지진이 난 줄 알았다. 연애하는 중엔 그녀가 부재중일 때도 언제나 내 삶에 낭만의 낙엽이 눈처럼 내리고 있었다. 그리고 나는 그 낙엽들을 모조리 주우며 싱글벙글 웃었고, 진심으로 행복했다.

그녀를 기다리던 시간, 그녀를 만나러 가던 시간, 몇 번 못 보는 그녀와의 코엑스 데이트가 잡히던 시간, 그녀를 그리워하던 시간, 그녀를 꿈꾸던 시간, 그녀와 떡볶이를 먹던 시간, 그녀와 영화를 보던 시간, 그녀가 교복을 입고 사복을 입은 나에게 다가오던 시간, 그녀와 눈이 마주치던 시간, 그녀가 울던 시간, 그녀와 통화하던 시간, 그녀가 웃던 시간, 그녀와 속독을 하던 시작,

내 삶다운 삶은 거기서 시작되었다.

중학교 2학년에 첫사랑, 순수함을 넘어 무지의 상태였다. 언제나 친구들과 심한 장난을 치고 나름대로 언성을 높이며 주관이 까다로운 고집쟁이 장난꾸러기였지만 나는 내 존재여부를 의식해본 적도 없고 삶이란 그저 나와 시간과 함께 당연히 가는 것일 뿐이었다. 나는 삶을 타고 가고 있을 뿐이었지, 내가 무엇을 타고 있으며 내가 누구인지 같은 생각을 해본 적은 없었다. 하지만 사랑에 빠지면서 모든 것이 시작되었다. 나는 내 가족이 아닌 남을 위해 죽을 수도 있는 각오를 하고 있기도 했고, 그 사람에게 내 마음을 완전하게 표현하고 싶었다. 그리고 표현하려 하면 할수록 나는 내 안으로 더욱 깊이 파고들어 마치 나라는 수면 속을 잠수하여 보물 하나라도 더 건지려는 탐험가가 되었다. 그 과정에서 나는 처음으로 나를 알게 되기도 했다. 그 처음 목격하는 내 안의 광경. 삶을 수평으로 걷다가, 수직으로 들어간 것이다. 누군가를 사랑하기 위해선 자신을 사랑해야 한다는 것을 배웠으며, 내가 나 자신을 파악하고 있지 못하면 상대방을 아는 데도 한계가 있다는 것을 배웠다. 사랑에 빠져 자연스레 배운 것들은 대학생인 지금까지도 그 어느 학교에서도 가르쳐준 적 없으나, 절대적으로 삶에서 가장 중요한 가르침이도 했다. 왜냐하면,
그 안에 앞날에 대한 순수한 동기와 열정이 있기 때문이다.

어린 나이에 삶의 풍경을 목격한 것이다. 한창 공부해야 할 나이였지만, 나는 그 시간에 본의 아니게 취한 채로 지도 밖에 실물들을 목격한 셈이다. 나를 조금은 너무 자유롭게 만들기도 했지만 나는 후회하지 않는다. 내가 시작에서부터 세속 밖에서 출발한지는 몰라도, 미친놈의 몽상가가 된 것은 아니다. 단지 남들이 공식을 이해하고 역사를 외울 때 나는 한 사람의 마음을 이해하고 행복하게 해주려는 공부를 했을 뿐이다. 그리고 그 과정에 점수로 표현될 수 없는 가치는 다 있었다.
처음 사랑을 깨닫는 것은,
존재의 시작이다.

침 흘릴 때

1988년 어느 뜨거운 봄날 LA에서 씨앗이 생기고, 울어보기도 전에 태평양을 건너 12월 26일 날 서울에서 태어났다. 하지만 나의 기억은 아니다. 부모님께 들은 바로 알고 있을 뿐이다. 기억 없이 알고 있는 내 자신에 대한 정보다.

그 후로도 몇 년간 기억이 없다. 기억이 나기 시작하는 것은 양재동의 미래 유치원 골목에서 친구들과 만화 캐릭터가 그려진 카드를 거래하는데 내 카드가 애들이 가장 탐내는 카드였다는 것. 나는 또래 아이들에게 둘러싸여 관심을 받고 있었다. 그 시기의 기억은 너무나 띄엄띄엄, 그것도 피카소의 추상화같이 짐작은 가나 확실하진 않게 색칠되어 있어 나도 뭐라고 진실을 정확하게 말할 수 없다. 내 삶에 대한 기억이 크게 끊기지 않고 연이어 이어지기 시작한 것은 우리 가족이 스위스로 건너간 후이다.

1995년부터 1998년까지 삼 년을 스위스 제네바에서 동화같이 살았다. 아버지, 어머니, 형, 나, 그리고 얼굴이 가장 늘어진 무디. 아파트 단지는 정사각형으로 이루어져, 단지 중앙엔 굉장히 넓은 잔디밭과 햇빛이 초록을 어루만지는 웃음소리가 가득했다.

제네바는 불어를 쓰는 지역이지만, 나와 형은 외국인 학교를 다녀 그곳에서 본토 발음의 영어와 "에… 봉주르", 그리고 "에… 멕식"라는 불어 단어 두 개를 배웠다. 내가 기억할 수 있는 내 생에 첫 친구는 스웨덴 출신 어머니와 미국인 아버지 사이에서 태어난 Axel(악셀)이라는 백인 친구였고, 우리는 같이 세상의 서론을 모험하였다. 나무가 보이면 올라갔고, 잔디밭이 보이면 뛰었으며, 굴러가는 것을 보면 올라탔고, 곤충을 보면 잡았다. 우리는 언제나 도시나 자연 속에서 우리만의 아지트 같은 외딴곳을 찾으며 시간을 보냈다. 사교성이 나쁜 편이 아니어서 외국인 친구들을 많이 사귀어 방과 후엔 그들의 집에 놀러가 군것질을 하며 해가 질 때까지 닌텐도를 하곤 했다. 손오공이 초사이언으로 변신하는 모습은 지금의 그 어떤 패션쇼보다도 간지가 났으며, 메가맨이 미션을 깨지 못하고 죽은 날은 유년기의 우울함 비슷했다. 우리는 행복했다.

주말 아침이면 나와 형은 롤러스케이트로 무장을 하고 무디를 데리고 걸어가시는 부모님을 맴돌며 집 앞 빵집으로 향하곤 했다. 가는 길엔 비탈진 내리막이 있었는데, 형과 나는 몸을 중력에 맡기고 그곳을 흘러내려 가는 것을 가장 스릴 있어 했다. 빵집은 내 방만 했지만, 그곳의 막 구운 크로아상은 아직까지도 내 입에서 김을 낸다. 그 시절 내가 커피맛까지 알았다면 나는 아마 그곳에서 점심까지 먹었을 것이다. 골프 치러 가시는 아버지 따라 온 가족이 소풍 비슷하게 자주 따라 갔었는데, 그곳 골프장은 인간에 의해 깎여 만들어진 골프장이라기보단 자연이 고스란히 전시되어 있는 듯한 곳이었다. 골프를 친다기보단, 골프를 놀이하던 나는, 연못에 빠진 공을 주우러 갔다가 발견한 개구리에 세상을 다 갖은 기분이기도 했다. 아파트 단지 잔디밭에서 고슴도치를 발견하여 형과 함께 잡아와 집에 데리고 왔는데, 병균이 많으니 키울 수 없다는 어머니의 말에 세상 모든 동물을 다 놓아줘야 하는 기분이기도 했다. 하지만 아무렴 좋았다. 내가 겪고 있는 세상은, 어차피 상상만큼 짜릿했다.

스위스에서의 이야기를 순차적으로 나열할 수는 없다. 뒤죽박죽인 순서로 조각난 파편들을 따로 표현할 수밖에 없으며, 그 조각들은 내 최근 5년간의 기억의 조각보다 많은 의미와 낭만을 담고 있다. 사실 그 시절의 내 삶을 글로 표현하는 것은 적합한 기호를 쓰고 있는 것이 아니다. 그 시절은, 그림으로 표현해야 그나마 느낌을 근접하게 담을 수 있는 나날들이다. 우리 집은 절대 부잣집이 아니었지만, 도대체 어떻게 해서인지, 나는 분명히 부자였다. 아마도 마음의 여유가 풍요롭고 모든 것을 판단하기보단 관찰하는 시기였기에 가능했던 것 같다. 나는 그곳에서 처음 삶에 문을 두드린 것이다. 스위스 이전의 기억은, 나의 것이 아닌 남의 것이라고 해도 별로 당황스럽지 않을 정도로 불투명하며, 내가 그러한 기억이 있다는 것에 대한 자부심 또한 없다. 하지만 스위스에서의 기억은, 그곳에서의 3년은 그 누구에게도 양보할 수 없는, 우리 가족만을 위해 특수 제작되었던 낭만이다.

삶의 낭만

일곱 살 무렵 모네의 그림을 박물관에서 처음 보고 나서부터 나는 예술 작품들을 장난감만큼 좋아하게 되었다. 나보고 모네의 걸작 앞에 서서 어떤 감명을 받았는지 설명해보라고 하면 얼른 어머니의 품을 향해 도망갔을 테지만, 그 시절엔 나에게 그런 질문을 하는 학교 같은 사람은 없었기에 나는 모네의 붓질 앞에서 내 마음대로 길을 잃고, 길을 만들었다.

예술 작품 보는 것이 좋았다. 박물관이 크다고 투정부린 기억은 없다. 오히려 당일 날 박물관을 전부 둘러보지 못하면 다음날 다시 와 나머지를 경험하고 싶었다. 모든 작품이 그랬던 것은 아니지만 내가 그 당시에 직감적으로 꽂히는 작품들 앞에 서면 나는 그 특정 작품이 왜 명작인지라는 구체적인 생각을 갖고 있기보다 직관적으로 그 작품을 받아들이고 이해하고 있었다. 나에게 아주 잘 그려진 남은 먼 미래의 환상 같기도 하고 어른이라는 것에 대한 추상적인 제시 같기도 했다. 그리고 그러한 감명은 이렇게 언어로써가 아닌 일종의 시각적 향기로 나에게 다가왔다. 그림들은 모두 먼 과거의 것들이었지만, 그들은 내 먼 미래에 대한 상상을 자극했다. 나는 질문하지 않고 좋아했다. 분석하거나 비평하려 하지 않고 오로지 느낌만으로 좋아했다. 훗날 나는 그러한 것을 낭만이라 부르게 되었다. 가슴속에 낭만은 곧 삶의 은연중에 이상이며, 그것은 곧 사랑의 본질이 되고, 사랑 없는 삶이 무미건조하다는 것을 알았다. 물론 그 당시엔 나 자신에게조차 이런 직감들을 아무것도 표현할 수 없는 나이였지만 말이다. 나는 그저, 그림 앞에서 자주 첫눈에 반하곤 했던 것이다.

지금 생각해보면 내가 어렸을 적 가족이 나를 데리고 여행을 많이 다닌 것이 내 삶의 가장 큰 자산이다. 좋은 작품이나 건물이나 공간을 과거 같아져버린 사진을 통해서가 아닌, 현재까지 이어져 와버린 살아 있는 과거 속에 나를 잠수시켜 준 것이 나에겐 인생에서 가장 아름다운 교육이었다. 그것은 마치 내가 동화를 읽는 것이 아닌, 동화를 겪는 것과 비슷했다. 남들이 옆에서 인류의 역사를 공부하고 있을 때 나는 옆에서 눈을 감고 인류 감정과 문화의 발자국을 들여다볼 수 있는 다른 차원의 특권이 있던 것이다. 오로지 그때의 경험 때문이라고는 함부로 말할 수 없겠지만, 나는 그 시절 내가 여행에서 보고 맡고 듣고 맛본 것들이 문란해져버린 지금 나에게 아직도 순수한 낭만에 대한 갈망을 보호할 수 있게끔 해준다고 믿고 있다.

　　예술을 통해, 인간을 겪기도 전에 인간미를 겪었다. 그리고 아직까지도, 그 시절 목격한 미가 삶의 진실이더라.

Peter Pan Syndrome

피터팬 증후군

성인이 되어도 자기가 속한 어른의 사회나 삶에 대한 책임을 회피하고 적응하지 못하는 '어른아이' 증후군.

코 흘릴 때

초등학교를 스위스에서 다니다가 1998년도에 한국으로 돌아왔다. 우리 가족이 스위스로 떠나기 전에 살던 곳으로 다시 돌아온 것이었지만, 나는 이곳에 대해, 양재동에 대해 아는 것이 아무것도 없었다. 농구장이 있거나 티비가 있는 곳이 나의 둥지였지, 내가 한국에 대해 아는 것이라곤 이순신이라는 대단한 남자와 유관순이라는 대단한 여자뿐이었다. 나이로 따지면 나는 당연히 초등학교 4학년으로 학교를 들어가야 했지만 내 생일이 88년 끝자락에 걸쳐 있는 89 비스무리한 88인데다, 어린 나이에 외국에서 자란 탓에 나의 국어학습 능력이 우려되어 학교가 시작하기 전 방학을 틈타 어머니는 나를 논술학원에 먼저 등록하였다. 반에서의 나의 능력을 평가한 선생님과 상의하여 나를 4학년으로 보낼지 아니면 3학년으로 보낼지 결정하려는 전략이셨다. 그리고 나의 기억이 맞다면, 한 달 후에 선생님은 어머니께 박수를 치며 말하셨다.
"어머, 당연히 4학년으로 보내셔야죠. 반에서 말 제일 잘해요."

초등학교를 생각하면 노을 지는 방과 후에 남아 있던 넓은 운동장에서 모락모락 피던 모래연기가 생각난다. 그리고 술 취한 정치인같이 떠들던 교실과 올림픽 금메달리스트같이 달리던 복도가 생각난다. 그 교과서에 찍혀 있을 법한 잠자리 잡는 철수와 영희의 풍경이 생각난다. 아파트 단지 속 자동차 숲이 생각난다.

4학년 신입생으로 들어오자마자 나는 외국에서 왔다는 이유로 관심을 받았다. 또래 아이들은 나에게 영어를 할 수 있는지 물어봤고, 선생님들은 우리 집이 잘사는지 물어봤다. 아무렴 좋았다. 나는 어렸고, 나에게 호감으로 다가오는 사람들을 뿌리칠 이유는 없었다. 친구들에게 멋지게 혀를 굴려가며 영어를 선보였고, 우리집 값이 얼마나 내렸는지도 모른채 선생님들에게 우리 집이 이층집이라고 하였다. 나는 좋은 친구들을 많이, 그리고 빨리 사귀었다. 방과 후에 농구나 축구를 하는 것도 좋았지만, 그중에서도 비비탄 총싸움이 가장 즐거웠다. 편을 가르고, 내가 상대편에 인질로 잡혀 있는 친구를 구하러 가는 그 아파트 단지 속 자동차들, 그곳에서 낭만을 키워나갔다.

5학년으로 올라가고 6학년으로 올라가고, 별 다를 것은 없었다. 난 여전히 애벌레였으며, 세상의 말초적인 아름다움만을 기억할 수 있는 꼬마였다. 행복했다. 내가 나름 비밀리에 좋아하고 있는 아이도 나를 좋아하고 있다는 소식을 풍문으로 들었지만, 나는 다가가 "사귀자"라는 말을 건네기보단, 그냥 그 소식 자체에 너무나 행복하여 밤새도록 등굣길을 상상하며 머리에 젤을 발랐다. 놀기만 한 것도 아니다. 공부도 열심히 하였다. 그 당시까지만 해도 공부는 어른이 되기 위한 것이지 시험을 위한 것이 아니었기에 따분하지 않았다. 수학을 가장 잘했기에, 방학 동안 앞으로 있을 수학 진도를 예습하여 친구들이나 내가 좋아하는 여자에게 잘난 체하는 것이 나는 좋았다. 학교를 위한 공부가 아니라 나를 위한 공부였기에 흥미로웠다.

하지만 역시나, 초등학교를 생각하면, 교육보다도 그 분위기가 구름같이 내린다. 여자아이들의 머리끈을 훔치고, 남자아이들과 그중 누굴 좋아하는지 쑥스러워하며 진실게임을 하고, 학교 앞에서 쭈그리고 앉아 오락을 하고, 내 이마엔 언제나 땀이 맺히고, 팔꿈치나 무릎은 언제나 조금씩 까져 있던 그 훌쩍이는 날씨말이다.

나는 나도 모르게 세상을 사랑하고 있었다.

나의 정체성, 혹은 감수성
[iPod Ver.]

강산에, **검정치마, 굴소년단, 김광석**, 김상민, 김진표, 김현식, 나비효과, 나얼, 녹색지대, **눈뜨고코베인**, 달빛요정역전만루홈런, 도끼, 디기리, 뜨거운 감자, 라도, 리쌍, 박진영, 배치기, 버스커 버스커, **부활**, 사람12사람, 서태지, **소규모아카시아밴드**, 시와 바람, 시와무지개, 신성우, 아마츄어 증폭기, 아침, 아톰 리턴즈, **양동근**, 어른아이, 언니네 이발관, 유재하, 윤도현밴드, 이루마, 이상은, **이소라, 이승열, 이장혁**, 이적, 이현우, **임재범**, 자우림, 자전거 탄 풍경, 장기하와 얼굴들, **조휴일**, 짙은, 태양, 텔레파시, **토끼, 한국인이 좋아하는 영화음악, 황보령**, A$AP Rocky, Acoustic Café, Aceyalone, **ADELE**, Aesop Rock, **AIR**, Akon, Al Jarreau, Alicia Keys, **APHEX TWIN**, Appaloosa, Archive, Asgeir, Asher Roth, **ASOTO UNION**, ATB, Atmosphere, Audio Bullys, Aufgang, Avril Lavigne, AWOLNATION, Ayo, B.O.B, Babet, **BABYSHAMBLES**, Badly Drawn Boy, BangGang, Banks, Beanie Sigel, The Beatles, Beck, **BEENZINO**, Ben Pearce, Benjamins, Benny Benassi, Beth Rowley, Betoko, Beyonce, Big Bang, Big Punisher, The Bird & The Bee, Birdy, Bjork, Black Eyed Peas, Black Rebel Motorcycle Club, Blink-182, Bliss, Bloc Party, Blond:ish, Blood Orange, Blur, Bob Marley, Bobby Kim, Bobby Womack, **BON IVER**, Bondax, Bone Thugs-N-Harmony, Brandon Flowers, Brazilian Girls, Bread, **BREAKBOT**, The Breeze, Brett Anderson, Brian Eno, Brown Eyes, Brown Eyed Soul, Buddha Lounge, Busted, Cake, The Calling, **CALVIN HARRIS**, Camp lo, Cantoma, The Cardigans, Carole King, Casker, **CAT POWER, CB MASS**, Celine Dion, Charles Schillings, The Chemical Brothers, **CHERUB**, Chingy, The Chipmunks, Chris Brown, Christopher Lawrence, Chromatics, Chromeo, Cibo Matto, Claude VonStroke, Clazziquai Project, Client, Club 8, Cocoon, **COCOROSIE**, Cocosuma, **COLDPLAY**, College, Common, Coolio, Corinne Bailey Rae, Cornelius, The Corrs, Creed, Crystal

Castles, Cults, The Czar, **DAFT PUNK**, Damian Marley, Damien Rice, Daniel Powter, Dario Rosciglione, Dashboard Confessional, Daughter, Dave Matthews Band, David Bowie, David Gray, David Guetta, Deadmau5, Death Cab For Cutie, Deegie, Deli Spice, Demian The Band, DE-PHAZZ, Desire, **DEVENDRA BANHART**, Diamond Rings, **DIDO**, Dirty Pretty Things, Disclosure, DJ DOC, DJ Shadow, DJ Tiesto, DMX, Donna Summer, The Doors, Double K, **DR. DRE**, Dragon Ash, **DRAKE**, Drunken Tiger, Dubstar, Duran Duran, The Dust Brothers, **DYNAMIC DUO**, The Eagles, Echo & The Bunnymen, Eddie Higgins Trio, Eddie Vedder, Eels, Ellie Goulding, **ELLIOTT SMITH**, Elton John, **EMINEM**, Empire Of The Sun, **ENYA**, Enzo Enzo, Epik High, Eric Clapton, Estelle, Evanescence, Everything But The Girl, Fabolous, **FAITHLESS**, Fake?, Fantastic Plastic Machine, Far East Movement, Fatboy Slim, **FEIST**, Fergie, Finley Quaye, Fiona Apple, Fischerspooner, Fleet Foxes, Fleetwood Mac, Florence & The Machine, Fool's Garden, Fort Minor, Foster the People, Fozzey & VanC, Franco Simone, **FRANK OCEAN, FRANK SINATRA**, Frankie J, Frankmusik, Frederic Chopin, Frontera, Frou Frou, The Fugees, Fun., G-Dragon, G. Love & Special Sauce, G.Q., Gabby Young & Other Animals, Game, **GANGA**, Garion, Gavin DeGraw, Glass Candy, Glen Hansard & Marketa Irglova, Gonzales, Goo Goo Dolls, Good Charlotte, **GORILLAZ, THE GOSSIP**, Gotye, Gym Class Heroes, **HANS ZIMMER**, Hess Is More, Hoobastank, Hooverphonic, Hot Chip, How to Destroy Angels, Humming Urban Stereo, Hypnolove, i Monster, Icona Pop, Iggy Pop, Immortal Technique, Imogen Heap, Infected Mushroom, Insane Clown Posse, **ITALIANS DO IT BETTER**, J-Kwon, J. Cole, **JACK JOHNSON, JAMES BLAKE**, James Blunt, Jamiroquai, Jarvis Cocker, Jason Mraz, **JAY-Z**, Jazzanova, Jazztronik, The **JIMI HENDRIX EXPERIENCE**, Joakim, Joe Cocker, **JOHANN SEBASTIAN BACH**, John Legend, **JOHN LENNON**, John Mayer, Joni Mitchell, JOOSUC, Jose Gonzalez, Joy Box, Joy Division, Junior Boys, **JUST JACK**, Justice, **KANYE WEST**, Karl Bohm, Kasabian, Kaskade, Kavinsky, Keane, **KENDRICK LAMAR**, Kenna, The Kenneth Bager Experience, Kent, Keren Ann, Kero One, Kid

Cudi, Kid Ink, Kid Loco, The Killers, Kim Carnes, The KIN, **KINGS OF CONVENIENCE**, Kings Of Leon, KM-MARKIT, **THE KNIFE**, **THE KOOKS**, The Kooks(Sweden), **THE KOXX**, Kylie Minogue, La Roux, Lady Gaga, **LANA DEL REY**, **LASSE LINDH**, **LED ZEPPELIN**, Lemon Jelly, Lenny Kravitz, Leona Lewis, The Libertines, Lifehouse, Lighthouse Family, **LIL' WAYNE**, Lily Allen, Limp Bizkit, Linkin Park, LMFAO, London Grammar, **LORDE**, Louie Austen, **LUDWIG VAN BEETHOVEN**, Luke, Lupe Fiasco, LUUUL, Lykke Li, M-Flo, M.I.A., **M83**, Mac Miller, Macklemore & Ryan Lewis, Macy Gray, Madonna, Manic Street Preachers, Mariah Carey, Maroon 5, Massive Attack, Masta Wu, Matisyahu, Maurizio Pollini, Maximilian Hecker, Maximo Park, **MAZZY STAR**, MC 한새, Meech, MeLo-X, Metric, **MGMT**, Michael Jackson, Michael Learns To Rock, **MIGUEL**, **MIKA**, Mike Posner, Missy Elliott, **MOBY**, Modest Mouse, Modjo, Mogwai, The Moldy Peaches, Moloko, Mondo Grosso, **THE MONGOOSE, MOT, MOUNT KIMBIE**, MP Hip Hop, MSTRKRFT, My Aunt Mary, **MYLO**, N*E*R*D, N.W.A., Nakashima Mika, Nappy Roots, NaS, The National, Nell, Nelly, Nena, Neon Indian, The Neptunes, New Order, Nicki Minaj, Nirvana, No Doubt, Noah And The Whale, Nobuchika Eri, **NORAH JONES**, The Notorious B.I.G., Nouvelle Vague, **NUJABES**, **OASIS**, Of Monsters And Men, One Night Only, Orson, **OUTKAST**, Pacific!, **PANIC**, Panic! At The Disco, Passion Pit, Pat C., Patricia Kaas, Patti Smith, Pearl Jam, Pet Shop Boys, Pete Doherty, Pete Teo, Peter Bjorn & John, Peter Wohlert, Pharrell Williams, Phinx, Pillowtalk, Pink Floyd, Pink Martini, **PIXIES**, Plies, The Police, Portishead, The Postal Service, Primary, Professor Green, Pss Pss, Puff Daddy & The Family, Queen, R. Kelly, Rachael Yamagata, Radiohead, Ratatat, **RAZORLIGHT**, **RED HOT CHILI PEPPERS**, **RHYE**, Rick Ross, **ROBIN THICKE**, Royksopp, Ry X, Sade, Sarah McLachlan, Scissor Sisters, Sean Kingston, Sebastien Tellier, Shinichi Osawa, Sia Furler, Sigur Ros, Sinead O'Connor, Smashing Pumpkins, **THE SMITHS**, Sneaky Sound System, **SNOOP DOGG**, Snow Patrol, Soko, Solomun, Sonic Youth, Souls Of Mischief, **THE SOUND PROVIDERS**, Spice Girls, The Spinners, Spongebob, Starfucker,

Starsailor, Stereophonics, Stevie Wonder, Sting, The Streets, The Strokes, Sublime, **SUEDE**, Sufjan Stevens, Sugar Donut, Supreme Team, Suzanne Vega, Sweetbox, T, T-Pain, T.I., **TABLO**, **TELEPOPMUSIK**, The Dream, Theophilus London, Thievery Corporation, Third Eye Blind, Thom Yorke, The Three Tenors, Tom Odell, Towa Tei, Toy, Transfixion, Travie McCoy, Tribeca, Tunng, The Turtles, The Two Door Cinema Club, U & Me Blue, U2, Uffie, Underworld, Universal Funk, Usher, **VAMPIRE WEEKEND**, Van She, Vanessa Paradis, The Velvet Underground, Verbal Jint, The Verve, Wale, Warren G, Weezer, WEKEED, The White Stripes, The Whitest Boy Alive, The Who, Will.I.Am, Wiz Khalifa, Wolfgang Amadeus Mozart, Wyclef Jean, X-Japan, **THE XX**, Yelle, YG, Yozoh, Yuki Kuramoto, Yuksek, Zero 7, Zion.T, 10CM, 1TYM, 2 Chainz, **2NE1**, **2PAC**, 4 Non Blondes, 45RPM, 50Cent, The Angels Sing, Beavis And Butt-Head Soundtrack, Belly Soundtrack, Dark Knight Soundtrack, **DRIVE SOUNDTRACK**, Eternal Sunshine Of The Spotless Mind Soundtrack, **EYES WIDE SHUT SOUNDTRACK**, Fight Club Soundtrack, Great Expectation Soundtrack, **THE GREAT GATSBY SOUNDTRACK**, Hedwig And The Angry Inch Soundtrack, Inception Soundtrack, **...ING SOUNDTRACK**, **JAZZ VOCAL ON BLUE NOTE**, Kick-Ass Soundtrack, Kill Bill Vol. 1 Soundtrack, **LAYER CAKE SOUNDTRACK**, Les Miserables Soundtrack, A Life Less Ordinary Soundtrack, **LOST IN TRANSLATION SOUNDTRACK**, Magnolia Soundtrack, A Requiem For A Dream Soundtrack, Sad Movie Soundtrack, The Secret Life of Walter Mitty Soundtrack, A Slow Jams Jazz Christmas, Snatch Soundtrack, Space Jam Soundtrack, Trainspotting Soundtrack, The Twilight Saga Soundtrack, Vanilla Sky Soundtrack, A Walk To Remember Soundtrack, Watchman Soundtrack, Wicker Park Soundtrack, 8 Mile Soundtrack, 127 Hours Soundtrack, **500 DAYS OF SUMMER SOUNDTRACK**, and other Various Artists for **DEEP HOUSE MUSIC**.

열여덟 즈음

아 씨발,
달려 나가고 싶다.
창밖으로 뛰어 어디든 착지하며 부수고 싶다.
지붕 위로 올라 아무 새나 타 괴롭히고 싶다.
하늘 위로 떠 풍선이라도 떨어뜨리고 싶다.
갈 곳도 없으면서, 괜히
실수하고 싶다.

Imagine than remember

순간 어깨 위에 너무나도 무거운 짐이 얹혀진 것인지, 아니면 내 등에 일주일이라는 시간 동안 달려 있던 새하얀 날개가 꺾인 것인지… 온몸과 마음이 움직이기 힘들 정도로 무겁고 갑갑했다. 눈을 비비고 다시 봐도 내가 서 있는 곳은 도착하던 날과 같은 런던이었다. 오늘은 왜 이곳이 그토록 미워 보였을까. 나는 떠날 준비가 안 되었는데, 시간과 공간과 순간은 날 보낼 준비가 너무나도 완벽히 되어 있는 것만 같았다. 그녀를 앞으로 못 볼 날들이 두렵거나 슬퍼서가 아니었다. 나는 현실 속에 있을 법한 일상적인 감정이라기에 너무나도 깊숙한 곳에서부터 절실히 행복을 의식하며 미소 짓던 이번 일주일이 "지금"에서 "기억"으로 변하는 시점에 서 있는 것이 너무나도 싫었던 것이다. 앞으로의 날들은 이번 주를 기억할 날들일 뿐, 더 이상 이번 주를 상상하며 기대할 수 있는 날들이 아니란 것이 나에겐 너무나도 잔인했다. 간절한 시간의 흐름 저편에서 그녀를 다시 만나기야 하겠지만, 이번 주는 돌아오지 않는다. 그녀뿐이 아니고 지금 둘러싸여 있는 이 공기, 심지어는 일주일 동안 시곗바늘이 지나간 경로조차 평생 소유하고 싶었다. 이렇게 무심코 기억에게 넘기기엔 너무나도 완벽했던 "지금"들의 연속이었다. 나는 이번 주를 기억하기보단, 이번 주를 상상하고 싶었다. 그리고 앞으로 다가올 행복을 실감하기보단, 이번 주를 평생 실감하고 싶었다. 이번 주를 평생 실감하고 싶었다. 그냥 이대로. 그대로.

2007/03/12 (05-12)

꿈
[Soundtrack : CB MASS - 벗]

어젯밤 친구들과 모인 자리에서 꿈을 꾸었다.
자면서 무의식중에 꾼 환상이 아니었다.
살면서 눈물을 참으며 꾼 이상이었다.

몇몇 안 되는 나의 마음과 쇠사슬로 엉킬 대로 엉켜 있는 친구들과, 각자가 사랑하는
와이프와 다 같이 경치 좋은 산에 있는 작은 마을에서 함께 세속과 타협하지 않기로
약속하고는 조그만 세상의 귀족들로 살아가는 꿈이었다.
우린 모두 돈의 부자가 아니다. 모두 행복의 재벌이었다.
먹고 살 돈과 불법행위 할 수 있는 유지비만 벌면서 나는 산 속에서 화가인 것이다.
낮이면 나는 집 앞에 있는 나무를 베어 집에 놓을 식탁을 만들고, 내 심장의 주인인
그녀는 우리 집 개 페퍼와 같이 저쪽 베란다에서 음악을 들으며 춤추는 모습이 보인다.

주말 밤이면, 우리는 모두 우리 집 마당에 모여 캠프파이어를 둘러앉고는 불법행위를

하며 값진 웃음소리를 낸다.

그때 내가 문득 말한다.
"아! 얘들아, 우리가 정말 해냈어… 우리가 인생의 진짜 시작이라 할만한 시작을 할 때 즈음 서로에게 약속했던, 인생의 끝에 서 있을 때 어깨에 무언가 익숙한 느낌이 들어 옆을 쳐다보면, 지금 이 모습 그대로 어깨동무를 하고 있자고 했던 약속.. 우리가 이뤘어."

모두의 가슴속에서 심금이 진동하는 짜릿함과 낭만의 미소는 너무나 행복한 나머지 찢어질 듯한 인상으로 바뀌어 서로의 얼굴을 바라본다.

"야.. 이거야.. 이거였어. 이게 진정한 인생이었어."

우리는 모두 작은 미소에 엄청난 '행복'의 입 냄새를 풍긴다.
이때 내가 옆을 봤을 때 나를 보고 있던 그녀와 눈이 마주치고는 우리 둘은 어쩔 줄 몰라 하는 이 행복을 상큼한 '쪽' 소리의 뽀뽀로 공유한다.
그러고는 내가 아무에게도 들리지 않도록 그녀의 귓속에만 아주 작게 속삭인다.

"오늘도 사랑해."

그녀가 살짝 부끄러운 미소를 띠우며 나의 귓속에만 말해준다.

"나도 사랑해."

그녀의 목소리는 내 귀를 관통해 나의 심장까지 메아리쳐 간다.
메아리의 전율은 나의 눈물을 흙에 떨어트리며 오늘의 우리만의 증거를 남긴다.

내가 여기까지 꿈꾸었을때 나는 울고 있었다.

여름 하나

태양이 갑자기 친한 척하고 나는 녹기 직전에서 젖는다. 모든 밀폐된 공간이 에어컨을 틀지 않으면 지나치게 튼 히터. 날은 주로 화창하고 그 아래는 주로 푸르다. 조그만 생명체들이 어디선가부터 도착하고, 빗소리 같은 계획하지 않은 알람에 잠에서 깰 때도 가끔 있다. 날씨가 선을 넘은 듯 지나쳐버리는 계절, 여름.

우리는 그 짧고 습한 시기 동안 주로 웅장하고 끈적한 낭만이나 실수를 저지른다. 한여름 밤의 낭만, 그 안에 웬만한 이야기는 다 있고

나는 여름이 찾아오는 문턱 앞에 서 있을 때쯤이면 어렸을 적 여름들을 되새긴다. 공을 차던 시간부터해서 그해 여름 자주 듣던 음악이나 자주 잡던 손의 촉감 같은 것이 기억 속에서 영화나 혹은 냄새 따위가 된다.

한여름 밤에 나는 맞기도 하고 때리기도 했으며 땀에 젖어 붐비기도 했다. 뒤돌아봐야만 목격할 수 있던 기억들이 나를 역전하여 저만치 앞에서 나를 기다릴 때면, 장마 소식이 다음 주로 다가왔을 즈음.

어쩐지 월요일부터 시작될 것 같은 장마는 주로 추억이나 기억의 분위기에 심취해 있는 여름날의 나를 완전하게 향수병 속에 가둬둔다.

튀기는 빗소리에 종아리까지 젖던 어린 날들, 비스듬히 누워 있던 우산, 곳곳에 고여 있는 연못, 더욱 굵어지는 담배연기의 무용, 그리고 빗방울이 땅바닥을 치는 난타.

그것들은 나만의 타임머신 부품들. 나는 그것들을 조립해 어렸을 적 뛰어놀던 날의 여름을 미화시키고, 그 분위기를 재연하기 위해 이번 여름도 철드는 것을 보류한다. 장마가 지나가면 여름 안에서 계절이 하나 더 온 듯하다.

추억에 젖어 주책이던 기억력은 지나가버린 홍수와 함께 없어지고,

하늘이 유난히 맑아지고 나면 벌써 하반기, 그 위에 또 한 번의 새 출발을 쓸 수 있을 것 같다.

달라진 것이 있을 리 없다. 하지만 주위가 온통 가능성뿐일 것 같은 날들.

술 몇 잔, 그리고 게으름 몇 편 보고 나면 어느덧
밤공기는 언제 딸났냐며 놀라리만큼 쌀쌀해져 잇다.
낮엔 아직 덥더라도 밤을 위해서라도 난방 하나 챙기고 집을 나서는 순간
첫 발자국이 여름의 끝에 착지함을 느끼고
이미 차가우리만큼 앞만 보고 달리는 시간의 야속함에
술 약속 하나 더 잡는다.

레스토랑 안에 스무살

웨이터: 예, 주문하시겠습니까?

손님 1: 예, 전… 달콤한 인생으로 하나 주세요.

손님 2: 전 씨발 하나 주세요.

웨이터: 저… '씨발'보다는 달콤한 인생이 아마 취향에 더 맞으실 겁니다. 굉장히 인기 있는 메뉴입니다.

손님 2: 그쪽이 제 취향을 어떻게 아신다고 제 취향에 달콤한 인생이 더 맞을 거라는 거죠? 혹시 알아요? 씨발이 저한테 더 톡 쏘는 맛일지… 그냥 씨발로 주세요.

웨이터: 예 알겠습니다….

손님 2: 지금 뭐 잘못됐어요?

웨이터: 아, 아닙니다. 마실 건 괜찮으십니까?

손님 1: 전 츄파춥스 크림딸기맛 녹인 걸로 하나 주세요.

손님 2: 전 소금물에 초록색 색소 좀 타주세요.

웨이터: 저… 죄송하지만… 소금물보단 츄파춥스가 아마 더…

손님 2: 자꾸 간섭하지 말고 그냥 달라는 거 주면 안 될까요? 지금 제가 여기 저 먹고 싶은 거 먹으러 왔지 당신 의견 들으려고 온 거 아니잖아요. 그리고 원래 쓴맛이 달콤함보다 더 깊이 있는 법 아니겠어요? 그냥 달라는 거 주세요.

웨이터: 아 아무리 그래도… 너무 억지로 힘들려고 하시는 거 같아서요…

손님 2: 간섭 좀 하지 말라고요!! 지금 내가 손님이야 내가!!

웨이터: 아, 죄송합니다… 주문하신 거 외엔 뭐 더 필요하신 거라도…

손님 1: 다른 건 괜찮습니다.

손님 2: 더 필요한 거요? 사라져주세요.

웨이터: 네, 알겠습니다.

웨이터가 어쩔 줄 몰라 하는 눈빛으로 주변과 시계를 훑고 주방으로 들어간다.

손님 1: 그냥 남들처럼 먹지 그래. 그리고 웨이터한텐 왜 이렇게 불공손해? 다 너를 위해 그러는 건데 말이야.

손님2: 내가 언제 나를 위해 달랬나? 난 내가 먹고 싶은 거 먹으러 이 레스토랑에 들어온 건데 자꾸 지가 먹이고 싶은 걸 주문하게 하려 하잖아. 난 그런 간섭들이 너무 화나. 다 똑같애. 지네가 뭘 안다고.

음식이 나오고 먹기 시작한다.

손님 1: 야 이 요리 대박이다!!

손님 2: 난 힘들다…

손님 1: 그러게 웨이터 말 듣지 그랬어. 내 거 좀 먹어봐.

손님 2가 포크로 달콤한 인생의 한 조각을 찍는다. 찍는 동시에 달콤한 인생으로부터 흘러나오는 핑크색 즙은, 포크를 입 주위로 올리기도 전에 걱정거리 하나 없는 향을 풍긴다. 손님 2는 향을 못 맡은 척 자존심으로 표정을 관리하며 달콤한 인생의 한 조각을 입에 넣어 씹어 먹기 시작한다. 하지만 그 살살 녹는 듯이 밀려오는 황홀함은 금방 그의 고집에 바람을 빼버린다. 그는 더 이상 숨기지 못하고 어이가 없다는 듯 헛웃음을 뱉어버린다.

손님 2: 하… 웨이터 말 들을걸…

손님 1: 병신. 쯧쯧.

손님 2: 너도 씨발 좀 먹어봐. 이거 정말 힘들다. 근데 그렇다고 매력이 없는 건 아니야.

손님 1: 됐어, 난 그냥 편하게 살란다.

손님 2: 웨이터 말 들을 걸. 웨이터 말 들을 걸. 웨이터 말 들을걸.

손님 1: 야 솔직히 씨발이나 초록색 소금물 같은 매력은 이득이 없는 매력이야. 너만 괴로울 뿐이라고.

손님 2: 이득이 없다고는 말 못해. 맛이 깊잖아… 진실하잖아. 근데… 어찌됐건… 그냥 웨이터 말 듣고 달콤한 인생 시킬 걸 그랬어. 난 그저 간섭으로밖에 안 보였었어… 그땐 왜 몰랐을까.

사람의 장르

어렸을 적, 처음 클럽을 드나들 시기에 봤던 이십 대 중후반의 파티피플들.
멋있게 빼입고 와서는 남들 눈빛을 모두 반사하거나 혹은 삼켜가며 춤을 추고,
이 여자 저 여자와 비밀을 나누고 잔을 꺾으며 웃던 그들.
나는 그들이 너무나 궁금했다.
무얼 하는 사람들이기에 저런 모습인지,
무슨 삶을 사는 사람들이기에 저리도 즐겁게 미쳤는지.

시간이 흘러 어느덧 이십 대 중반.
나는 노력하지 않고도 그들 중 한 명이 되었다.
그 과정은 너무나 자연스러웠어서 나도 춤으로 말고는 달리 표현할 수가 없게 되었다.
나도 모르게 본능적으로 당연히 한평생을 내 호기심을 좇아 살았다는 듯 나는
그들처럼 되어 있었다.
어둡고 음악으로 가득한 공간에서 눈이 풀린 채 술잔을 꺾고,
그곳에서 도서관같이 새로운 감정과 사람을 만나고,
사후의 공간같이 바깥세상을 망각하며 몸을 흔들었다.
내가 삶의 스트레스를 해소하는 곳은 술과 음악이 있는 자리가 되었고,
그 두 가지를 모두 과다복용하며 언제나 비틀거리며 헐어버린 듯한 미소를 짓고 있었다.
하지만 진심인 미소 말이다.

그리고 이렇게 되어버리자
나는
나 같지 않은 사람들이 궁금해졌다.
무슨 삶을 사는 사람들인지.
무얼 하는 사람들이기에 그런 모습인지,
무슨 인생이기에 이리도 안 미쳤는지.

청춘

욕조 속에 음악 듬뿍 채우고, 그 안에 푹 빠져 욕조를 쇠문으로 덮는다. 처음 보는 이에게 자물쇠로 잠가달라 자신 있게 부탁하고, 보너스까지 약속할 테니 나머지 세상 불도 꺼달라고 부탁한다. 얼마 되지 않아 뜨거웠던 음악은 점점 식어간다. 차가워진 음악을 다시 데우기 위해 뜨거운 음악을 더 부으려 하나, 문이 잠겨 있어 부을 수가 없다. 도움을 요청해보지만, 불이 꺼진 이곳은 사람들이 어슬렁거리지 않는다. 나는 장담하고 자만했던 것들을 후회한다. 어리석어 한다. 욕조 속에서 홀로 식어간다.

다 내려놓고 포기하려는 찰나,

낯선 누군가

혹은 무언가

불을 켜고 자물쇠를 부숴준다.

그렇게 내가 사랑하던 것으로부터 구출해준 그것을 또 사랑하게 된다.

스물넷

스물넷은 생각보다 빨리 왔고
오는 길에 순수함을 예상보다 많이 흘렸다.
영원할 것 같은 시간의 속임수에 속아 쉬어갔던 순간들.
그리고 고독함의 끝자락에서 흐르던 꿀 한 방울의 달콤함들.
필요하지 않은데도 여기까지 끌고 와버려 이젠 필요해진 것들.
필요하단 것을 알면서도 단지 번거로워 그때 그 나무 옆에 심고 온 것들.
변치 않을 것 같던 관계들의 변질과
용납하지 못할 것 같던 본질에 대한 용서와 수용
그리고 확신했던 것들의 오류.
원하던 원치 않던 주기적으로 빠져버리는 변화의 강,
그 허우적대는 와중에 주어 담아 주머니 속에 꼭꼭 챙겨 넣은 기념품들.
본의 아닌 털갈이를 여러 번 겪으면서도 주머니 속에 아직 잘 있나
수시로 확인해가며 언제까지나 간직하고 싶던 소소한 보물들.

그러던 스물이 넘은 어느 날
문득 무거워진 주머니에 싫증이 나 홧김에 모조리 꺼내어
던져버린 나의 젊은 날.

스물넷은 어찌도 이리 비어 있는가.

서울의 밤

어둠이 솟아오르면
별은 더 이상 높이, 불가능에서 흥얼거리지 않는다
취할 만큼 낮고, 욕설같이 가까이 고개 숙인 별은
그 모습이 문란하리

비틀거리는 별들 골목 삼아
붉은 가면을 쓰고
더러운 외투를 한 번 더 입듯
건질 내용 없는 소설을 걷는다

전개도 짜임새도 없는
오로지 클라이막스의 행진만이
쾌락은 혀가 꼬이지만 행복은 불편하고
범인은 없지만 결말은 비열하다

One two free four five sex seven eight wine and Pen

1. 재밌으면서 설렌다
2. 더 재밌으면서 또 설렌다
3. 절대로 안 질릴 것 같이 재밌으며, 만사를 확신한다
4. 익숙해지지만 괜찮다
5. 재미 없을 때도 생기며, 습관같이 되어버린다
6. 설레임 없이 계속한다
7. 지겨워진다
8. 새로움을 찾지만 상당히 중독되어 있다
9. 감미로운 속도로 우울해진다
10. 외로워 글이라도 쓰고 싶어진다

Love Navigator

그녀는 길이나 방향감각에 있어 바보였다.
나는 길이나 방향감각에 있어 특별히 밝았다.
가끔은 천직이 택시기사라고 생각할 정도이니.

우리의 사이가 공식적이기 전, 오로지 그녀를 보러 런던을 놀러간 적이 있었다.
그녀는 런던에 1년가량 살고 있는 상태였지만
하루 둘러보고 길을 외운 내가 나머지 여행 동안 그녀를 이리저리 끌고 다녔다.

그녀와 나는 삼 년 반을 교제하였고 그동안 우리의 데이트는 늘
꽉 잡은 두 손을 연결점으로 하여 나는 목적지까지 끌고,
그녀는 목적지까지 끌려 다녔다.

어느 날 그녀는 내가 네비게이션 같다며 든든하다고 했다.
가는 길을 몰라도 알 필요 없이 내 팔짱에 끼어
내가 걷는 대로 요리조리 자동적으로 끌려 다니면 된다고.

이별 후 1년이 지난 지금 생각해보면, 그 말은
사랑한다는 말만큼 달콤하게
내 가슴속에서 번식한다.

내가 정말 남자친구로서의 의무를 하고 있는 듯한 기분이었다. 말 그대로 그녀의 부족한
면을 내가 채워주고 있는 것이었다. 우리는 부서진 동상의 반과 반,
합치면 완전한 하나가 되는 것이었다.

그 말은 나에게 엄청난 뿌듯함이며 만족이었다.

그녀 앞에서 떳떳하게 서 있을 수 있는 현실적인 이유 중 하나였고, 그녀가 그녀 입으로 직접 말하여 인증해주는 셈이었다. 나는 그 말을 듣는 순간 나 자신이 좋았다.

우리는 이별하였고,

나는 현재 그 누구에게도 든든한 존재이지 않다.

심지어 나 자신에게조차 든든한 존재가 아니다.

누군가에게 한 번이라도 든든한 존재였다는 기억은, 아무것도 없는 현재의 나에게 굉장히 아름다운 추억이다. 어쩌면 그러한 누군가에게 든든한 존재일 날이 다시 오겠지라는 상상은 때로는 나의 원동력이 되어 주기도 한다.

당신은 지금 사랑하는 이에게 든든한 존재인가?

사랑과 자유

굉장히 오랜만에 야외에서 열리는 큰 음악 페스티발에 왔다. 펜타포트나 글로벌게더링 같은 파티를 미국에서 온 것이다. 마지막으로 이런 곳에 온 것은 친구 둘의 생일파티였고, 그날은 몇 년 후인 지금도 묵직하게 기억에 남을 정도로 죽여줬었다. 오늘은 죽여주진 않지만, 그래도 죽여준다.
예전 생각이 많이 난다. 지금의 젊음보다 더욱 젊었을 적 말이다. 법이나 규칙, 혹은 관습이라고는 담뱃갑에 경고 문구처럼 쳐다보지도 않았던 시절.

예전에,
내가 기억하는 한은
이런 곳은
내가 전에 사랑했던 여자친구와 같이 왔었다. 와서 길바닥에 앉아 아무런 신경도 안 쓴 채 맨 정신에서부터 먼 곳으로 나와, 우린 서로를 껴안은 채로 세상에서 한 발자국 뒤로 물러나 모든 것을 유령의 입장으로 관람하였다. 사람, 삶, 시간, 그리고 심지어 우리의 사랑까지, 모든 것을 초월한 채 우리는 세상을 영화 보듯 관람하며 서로 팔뚝과 목을 더듬고, 세상에서 가장 낭만적인 키스로 진솔한 대화를 나눴었다. 행복했다. 아마도 지나치게 행복했었다. 사랑은 해답이라도 있다는 듯 순간적으로 완성되었었고, 우리는 아무것도 삶에게 더 이상 요구할 것이 없었다. 7월 말의 물 한 모금조차. 마치 우리만이 알고 있는 세상의 비밀이라도 있듯, 우리는 세속과는 동떨어져 있었으며, 우리끼리는 기고만장하였다. 우리가 알지 못하는 것들은 신경 쓰지 않아 당당할 수 있었고, 우리가 아는 것들은 불멸하다 생각해 건방질 수 있었다.

얼마나 많은 고심이 따랐든, 결국엔 소나기같이 내렸던 이별.

그후,

꽤나 많은 시간이 흘러 나는 사랑하는 이성이나 연애 없이 이 년 반을 넘게 문란하게 보내고 있다. 그리고 지금, 그 시절 그곳과 아주 흡사한 자리에 사랑하는 이성 없이 홀로 앉아 이 글을 쓰고 있다. 술이 좀 들어가고, 음악이 흐르다 보니, 나도 모르게 갑자기 필사적으로 글이 쓰고 싶다는 욕구가 솟구쳐 나는 이곳의 모든 에너지를 한 몸에 느낄 수 있는 곳이면서 남들의 발에 차이지 않을 적당한 자리를 골라 잔디밭에 앉아 있다. 지금.

주위엔 나처럼 잔디밭에 앉아 세상을 향한 귀를 닫고 오로지 사랑만을 속삭이는 사람들도 있고, 쿵쿵거리는 음악에 맞춰 정신줄을 놓고 춤을 추는 사람들도 있다. 정신없이 놀고 있는 친구들로부터 잠시 떨어져 홀로 앉아 있는 나는, 왠지 모르게 자꾸만 연인과 함께 단골이던 술집에 홀로 찾아온 듯한 기분이다. 하지만 좋다. 내 앞에서 아른거리는 수많은 호감들을 오로지 나만의 관점에서 관찰할 수 있으며, 내가 어딘가로 돌발하기 위해 그 누구의 신경이나 허락도 받지 않아도 되는 이 문란한 자유가 좋다. 그리고 문득, 이렇게 뜬금없이 글 쓰는 것이 갑자기 땡긴다면 잠시나마 내 마음대로 사라질 수 있는 이 이기적인 자유가 그 무엇보다 좋다.

나는 지금 이 순간 완벽하게 나이며,
내 인생은 완전하게 내 마음대로이다.

그리고 그것이 문제다.

Sayne
(Tribute to the Tattoo)
[Rough Ver.]

먼먼 옛날 호랑이도 아직 담배를 배우기 전 어느 날,

내가 대청중학교에 신입생으로 들어와 적응할 무렵, 이미 반 곳곳에 아는 친구들이 많던 그가 입소문을 탄 나의 농구 실력을 듣고 심기가 불편했던 모양이었다. 같은 반 여자들을 놀리고 도망치는 것에서 삶의 원동력을 찾던 나는 그날 점심시간 유난히 많은 땀을 흘리며 또래 장난꾸러기들과 함께 교실 뒤에서 다음 작전을 짜고 있었다. 교실 안은 강당같이 시끄러웠고 모두가 열네 살의 혈기를 주체하지 못한 채 칼로리를 소비하고 있었다. 바로 그때였다. 교실 뒤의 미닫이문이 기물 파손같이 '쾅!' 소리와 함께 열리더니 키가 크고 삐쩍 마른 실루엣이 교실에 대고 소리쳤다.

"이혁기가 누구야!!"

교실 뒷부분에 있던 친구들의 고개가 동시에 뒷문을 향했다. 그리고 물론 정체불명의 사나이가 부른 이름은 다름 아닌 나의 이름이었기에, 나는 긴장을 하지 않을 수 없었다. 실루엣이 밝아지며 드러난 그는 말로만 듣던 싸가지 없는 옆옆 반 신세진이었다. 내가 나이가 들어서도 그 장면을 잊을 수 없는 이유는, 그렇게 등장하던 그가 멋있어 보였기 때문이 아니라, 그 신세진이라는 아이의 말투와 서 있던 자세와 표정과 생김새는, 내가 아직까지 살면서 본 가장 띠껍고 날티 나는 모습이었기 때문이다. 그는 싸가지 없다는 명성에 부흥하는 관상을 갖고 있었다. 그는 상대방이 농구를 잘한다는 소리를 듣고 찾아온지라 꽤나 큰 키에 덩치의 아이를 대면할 것을 기대하며 높은 곳에서 눈알을 돌렸지만, 성장기가 아직 오지 않은 나는 사실 바로 아래 서 있었다.

"내가 이혁긴데."

살짝 '이건 뭐지?'의 길 잃은 표정과 함께 나는 위를 쳐다보며 말했고, 그는 고개를 아래로 숙여 나를 발견하더니 갑자기 무게 잡던 표정을 참을 수 없는 화색으로 바꾸었다. 농구 좀 한다고 들었던 아이가 자기 가슴까지 오는, 아직 여드름도 나지 않은, 점심시간에 땀 흘리는 청년이란 사실에 긴장을 한순간에 쓰레기봉투에 담은 듯했다. 그가 살짝 웃으며 말했다.

"응, 니가 이혁기냐?"

내가 살짝 웃으며 대답했다.

"니가 신세진이냐?"

우리는 그 첫 웃음에서부터 더 이상 농구할 마음이 없었다.

우리는 농구라는 게임을 떠나서 분명,

그 대청중학교 1학년 3반 뒷문 점심시간에서, 앞으로 닥칠 미래를 끈적하게 함께할 것을 분명히 감지하였다. 묘한 교류가 아무 말이나 눈빛 없이 분위기로 오고갔다.

그 친구와 나 사이에서 운명이 강하게 눈을 비비고 있었다.

우리는 쿵짝이 잘 맞았다.

나는 모든 것을 솔직하게 말하는 깡을 갖고 있었고, 그는 모든 것을 솔직하게 화내는 깡을 갖고 있었다. 그의 눈빛은 지칠 줄 모르고 언제나 띠꺼웠고, 성격은 후배한테 까이는 치욕감을 맛보기 전까진 정신을 못 차릴 정도로 이기적이었지만, 나는 그가 정겨웠다. 우리는 붙어 다니는 시간이 늘어나며 싸우기도 많이 싸웠지만, 중학교 시절 CB MASS의 2집을 갖고 감정적으로 혹은 지적으로 비평하며 소통할 수 있는 친구도 그 녀석뿐이었다. 하지만 그때까지만 해도 우리 사이가 특별하거나 혹은 다른 친구들보다 더욱 진하거나 한 것은 아니었다. 우리는 그저 많이 친한 친구였다.

그러다 갑자기 중학교 2학년 때 사랑이 찾아왔고, 모든 것이 바뀌었다.

우리는 인생을 두고 대화하기 시작했다.

많은 친구들과 함께 있을 때 욕의 꼬리를 잇고, 땅바닥을 침으로 도배하며, 잡담의

축제를 하다가도, 둘만이 남는 고요한 시간이 오거나 하면 우리는 장난스럽기보단 나이에 안 맞을 정도로 진지했다. 각자의 사랑에 대해 대화를 나누기 시작했고, 그것은 암세포같이 뻗어 인생 모든 낭만스러운 것에 대해 대화를 나누기 시작했다. 대화가 우리 나이보다 많아지기 시작한 것이다. 성공을 하고 싶다는 대화보단, 진정한 행복이란 무엇인가에 대해 이야기하였고, 남을 깔 땐 그 사람의 행동을 꾸짖기보단 그 사람의 인성에 모욕감을 주었다. 사랑하는 여자와의 행복에 대해 이야기하고 사랑하는 여자와의 비극에 대해 이야기하였다. 미래에 대해 이야기하고, 가치 있는 삶에 대해 이야기하였다. 그와 나는 대개는 의견이 달랐지만 같은 코드로 이야기하고 있었고, 그렇게 우리의 감수성은 동일한 숲으로 커갔다. 우리는 솔직하고 기고만장했으며, 재밌기보단 행복했고, 어리기보단 젊었고, 폭력보다 무모했으며, 학교 성적보다 똑똑했다.

그렇게 같이 실수하고 같이 대화하며 청춘을 보냈다. 그리고 어느덧 성장기에 서로에게 너무나 큰 영향을 준 사이가 되어버려 원하던 원치 않던 서로에게 독보적인 존재가 되어버렸다.

세진이와의 사이를 생각하다 보면, 어쩌다 남과 이 정도로 가깝고 깊게 연결되어 버렸는지 하는 생각에 무작정 심금이 울리며 가슴이 저려올 때가 있다.

고의로 생각하는 것은 아니지만,
가끔씩 정말 인생의 벼랑 끝에 있는 느낌을 상상하곤 한다.
나의 부모님 장례식에 찾아와 슬퍼할 그의 눈빛,
혹은 그의 부모님 장례식에 찾아가 절망할 나의 눈물.
나도 모르게 그 미래의 눈마주침이 가끔은 떠오르곤 한다.
그리고 나는 그 생각만으로도 방 안에 홀로 앉은 채 눈시울을 붉히기도 한다.
내 인생에서 가장 진해져버린 남이
내 인생에서 가장 잔혹한 시간을 이해해야 할 시간을.

그는 아마 어색한 정장을 입고는 나를 보자마자 울 것이다.

그리고 나는 아마,

울고 있음에도 불구하고 그를 보고는 주저앉을 것이다.

그의 표정은 당황스럽고 진실할 것이다.

눈시울은 붉을 것이며

나에게 위로의 말보단 무거운 눈물을 전할 것이다.

뭐,

설령 그렇지 않더라도 괜찮다.

어차피 나에게 세진이는,

살다 보니 어쩔 수 없게 된

가족이다.

중독

나는 밤마다 쾌락을 기다렸다는 듯 반겼다.

마치 하루 종일 무언가 터지기만을 기다렸다는 듯, 하루가 다 가기 전에 쾌락의 요소인 것을 아무거나 적어도 한 가지는 느껴야 하루를 버틴 듯했다. 그리고 그러한 생활이 아주 오랫동안 지속되는 내내 몰랐다,

내가 정상이 아니라는 것을.

나는 어느 순간부터, 아마 런던에서부터였을 것이다, 정상이 아니었다. 정상이란 것이 무엇이라고 말할 수 없지만 나의 생활과 생각하는 방식이 정상이 아니란 것은 확신했다. 왜냐하면 나의 삶은 지나치고 지나치게 쾌락에 몰입되어 있었기 때문이다. 맨 정신의 삶은 지나치게 무미건조했지만, 해가 지는 시간부터 친구들과의 만남을 기점으로 하여 모든 것은 잠시 괜찮아졌었다. 하루가 얼마나 정신없었든, 심심했든, 빡쎘든, 하루의 의식이 끊기기 전에 친구 한 명이라도 만나서 술을 마시면 모든 좆같은 매듭이 풀리지 않은 채로 있어도 마음이 일시적으로 괜찮았다. 그 자리가 싫은들 좋은들, 후에 나는 거의 습관적으로 그러한 자리를 매일 가졌고, 그것은 곧 내 인생의 주류가 되었다. 그 생활 자체에 중독이 되었다. 중독이란 담배 따위가 아니라, 내 생활 자체였다.

삶의 모든 드라마는 오로지 친구들 사이에서 대화한 내용들에서 시작되고 거기서 끝났다. 그리고 그 월화 드라마 같은 유치한 이야기들은 사실 나를 움직이는 유일한 내용들이었다. 나는 세상의 한 사람으로서 살고 있다기보단 나와 내 주위 친구들이 만든 조그만 사회 안에서 살고 있었다. 그리고 이것이 가능했던 결정적 이유는, 그토록 사랑하는 친구들 역시 나와 비슷한 생각만 많고 의지 없는 형편이었기 때문이다. 우리는 사회적으로나 부모님 시각에선 굉장히 실망스럽고 걱정되는 그림이었겠으나, 우리끼리는 너무나 진실했고 심지어 너무나 바빴다. 그렇다, 노느라 바빴고 그 노느라 바쁜 친구들끼리 모여 다 같이 울고 웃으며 행복했다. 매일을 다 같이 놀았고, 이야기는 끊기지 않았다. 늘 새로운 생각과 감정, 그리고 에피소드가 생기기에 질릴 수가 없었다.

그러다 어느 순간부터 우리는 우리 자신을 걱정하기 시작했다. 또래의 다른 친구들에 비해 너무 뒤처진 것은 아닌지. 핑계가 어찌됐건, 결국엔 너무 놀고만 있는 것이기에 불안했다. 언제나 진지한 대화를 나누고 우리 같지 않은 남들이 겪지 못하는 깊이의 삶의 낭만을 뿜으며 꿈을 이야기했지만, 우리는 분명 어디까지나 그저 투정부리며 놀고 있었다.

그 불안함을 의식한 후로도, 우리는 그러한 삶의 걱정을 안주 삼아 술자리로만 또 다시 몇 해를 소비했다. 삶을 투정하고 사랑을 환상하고 이상적인 미래를 허공에 기념하며 그것을 친구들과 말로써 공유하는 것이 삶의 전부인 꼴이 되었었다. 마치 피터팬 증후군같이, 소문으로만 들은 다른 또래가 첫 월급을 받을 때 우리는 건배를 한 번 더 하듯.

쾌락 말고는 뼈조차 없는 방탕한 시간이 겹겹이 쌓이고 쌓여 어느 순간부터 꿈이 생겨버리거나
혹은 나처럼 잊어버린 꿈이 있던 소수의 몇몇은 급속도로 위기감을 느끼기 시작했다. 어렸을 적 심어둔 이정표대로 핸들을 꺾은 곳이 한군데도 없어 보였다. 최종 목적지는 여전히 어렸을 적 꿈과 같다고 말했지만, 내가 어디에 있는지 알 수 없었다. 아직도 출발선 뒤에서 수다 떨고 있는 듯했다. 그것보다도, 나처럼 살지 않은 남들이 모두 어디에 있는지 알 수 없었다. 소풍 가서는 들어가지 말라는 구역에서 황홀히 놀다가 돌아가는 버스를 놓친 것이다.
청춘의 특권을 버릴 생각은 여전히 없었지만, 어찌됐건 이곳을 탈출하긴 해야 했다. 이 낭만을 빼앗기지 않은 채 이곳을 탈출할 방법이 필요했다.

한 번 사는 인생에서 고상하게 중요한 요소들이나 진실한 것들을 속물적이게 훼손시키지 않고서 성공을 실현할 수 있는 방법 말이다.

후회하진 않지만,
변화는 하고 싶었다.

그림 그리기
[Facebook Ver.]

1. 막막하다
2. 어쨌든 시작하는 마음으로 형태부터 잡는다
3. 밑그림이 잡히고 그 위에 덮을 생명이 다시 막막하다
4. 어쨌든 시작하는 마음으로 색을 붐빈다
5. 생각대로 안 나오는 것이, 허접하고 막막하다
6. 어쨌든 시작했으니 끝을 보는 마음으로 계속 노력한다
7. 어느 순간 내가 처음에 멀리서 시작을 망설이던 여정에 들어와 몰입되어 있다
8. 그림그리는 행위는 정서를 비옥하게 만드는 양식임을, 지식의 매듭이고 상상의 유흥임을, 그리고 집중의 도가니임을
9. 목표와 목표달성이 서로 어깨를 스친다
10. 그림도 글처럼 완성이란 없음을

11. 사진을 찍어봤는데 실물보다 잘 나온다
12. 페북에 자랑한다
13. 라이크가 없다
14. 올린 걸 후회한다
15. 미스틱이 그리워진다

당신에게로 가는 이 먼 길이 좋다

기차나 비행기로만 닿을 수 있을 것같이 먼 당신이 좋다. 눈을 뻗어도 보이지 않을 불안한 곳에서 내가 보고 싶다던 당신이 보고 싶다. 당신에게로 가는 이 먼 길 위에서만큼은 내가 시간과 같은 속도로 달린다. 미끄러지듯 내려가는 육지에 뻗어 있던 논밭이 어느새 바다가 되고, 그 바다가 곧 당신이 될 이 길.

내 뒤로 넘어가는 자연이 좋고, 내게로 가까워지는 당신이 있을 이 길이 좋다. 나는 이 시간 위에서 선잠도 자보고 책도 읽어보고 이 글도 써본다. 창밖을 보며 과거를 상상하고 미래를 기억한다. 내가 살아온 길이 이 생각보다 많은 세 시간 반 위로 모두 모인다. 자연에서 뛰어 놀던 시절, 학교에서 버스를 타고 소풍을 가던 시절, 자동차를 몰고 익숙지 않은 곳까지 내 마음대로 갈 수 있게 되었던 시절. 그리고 그 시절들에서 꿈만 꾸다 깨어버린 잠들.

당신에게로 가는 이 먼 길 위로 전부 모인다.

감정적 로맨티스트

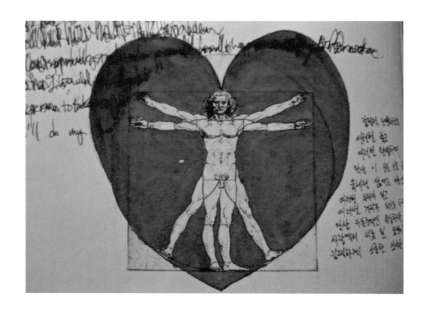

감정적 로맨티스트는
여러 번 죽고
여러 번 탄생하며,
막상 이 모든 것을 묶어주는
육체적 삶에는 버릇없다.
여러 번 부자가 되고
여러 번 거지가 되기도 하지만,
막상 자본주의엔 무심하다.
사랑에서 비롯된 꿈만이
끔찍하게 소중한 것이다.

이별

1.

하루가 멀게가 아니라,

순간이 멀게 붙어 있던 우리였다.

연락이 닿지 않는 순간은 계속해서 삶의 수면 밑으로 침수하는 듯 깜깜했고,

각자 할 일 하러 떨어졌다 다시 만난 밤엔 나만의 집에 돌아온 기분이었다.

내가 지독한 사랑을 인질로 연애를 할 땐 그러했다.

꽤 오랜 기간 모든 것이 완벽했다.

사소한 다툼 같은 건 상관없었다.

화해와 이해의 과정만큼 남과 아련하고 아름답게 연결되어 있는 것은 없었으니.

꽉 잡은 두 손으로 두 심장 사이에 다리를 놓고 나면

지도 밖 어디 위에 있어도 우리는 길을 잃지 않았다.

세상이 우리를 잃었으면 잃었지, 우리는 길을 잃지 않았다.

대화 끝에 마침표 대신 키스를 찍고,

아무런 계획이 없는 하루를 우리는 가장 바쁘고 행복하게 소비했다.

그녀와의 연애는 내 인생을 통째로 형성해 놓았다.

내 인생의 밑그림은 그녀와 보낸 청춘이다.

내 얼굴에 "그녀와 함께 사랑했다"라는 문신은 없어도,

내 인생 모든 곳에 그때 그 시절로 인해 조각되어버린 굴곡이 남아 있다.

내가 새로운 누군가와 연애의 가능성을 품을 때나

심지어는 살아가는 장르조차,

그 시절 웅장함의 영향이 너무 크다.

나는 그녀의 얼굴만을 바라본 채 춤추고 웃으며 성인의 문턱을 넘어오느라

내가 어디로 들어왔는지조차 알 수 없었다.

랭보의 시상을 빌리지 않고서는 완전히 설명될 수 없는 복합적인 이유로

나는 이별을 선언했다.

연애가 3년 반이 넘은 즈음,

우리의 사랑은 여전히 너무나 아름다운데,

우리 각자의 삶은 너무나 초라한 상태가 되어버렸다.

서로를 사랑하느라 자신을 사랑하는 법을 망각해버린 것이다.

우리가 사랑을 시작하게 된 그림은 훼손되고 없었다.

나와 그녀는 둘 다 분명히 각자의 꿈이 있었는데,

우리는 그것에 서로의 사랑을 물 주듯 키워나가고 싶었는데,

어느덧 사랑을 과다복용 하느라 다 죽어가는 꿈은 더 이상 의식이 없었다.

그리고 나는 어느 순간부터 그 사실을 견딜 수가 없었다.

세상에 나가 치이고 소심해지고 자존심 상하고 돌아와

이불 속에 곤히 잠들어 있는 그녀 옆으로 다가가 나는 그녀를 껴안으며 애기처럼

'너와 함께니까 괜찮아'

라는 식으로 삼 년을 넘게 보냈다. 물론 그 감정도 진심이었지만,

나뿐만이 아니고 그녀도 초라한 처지가 된 것을 보며 나는 우리가 붙어 있으면서

지나치게 나약한 존재가 되었음을 인정하기 시작했다.

이 모든 것에 잔인한 권태의 악이 있었음도 분명할 것이다.

건물도 녹일 것 같던 뜨거운 감정이 식고 음악이 설레기보단 익숙해지자 나의 이성이

3년 만에 실눈을 뜨기 시작한 것이다. 하지만 나를 정말 괴롭힌 것은 그녀를 향한

권태가 아니라,

우리가 이루고자 했던 것들이 존재도 하기 전에 멸종하는 것이었다.

4개월간의 갈등 끝에 4페이지 가량의 이별 편지를 적고

나는 이 모든 것에 키스가 아닌 마침표를 찍었다.

2.

나는 한국에 남아 있고, 그녀는 영국으로 다시 떠나던 날. 그 우리 사이의 마지막 날.

우리는 끝나지 않은 사랑을 심장 밑에 심어둔 채 이별을 하기로 하였고,

나는 영국으로 돌아가는 그녀를 마지막으로 배웅하러 공항으로 나갔다.

3년 반 동안 민망한 습관의 모서리조차 공유하던 우리면서도

그날만큼은 눈을 바라보기가 어색하고 미안했다.

하지만 이별이란 것이 이성적으로 알고만 있을 뿐이지, 감정적으로는 전혀 실감나지

않아 나는 울 수 없었다. 그 어느 날처럼 우리는 여전히 서로 사랑하고 있는 사이였으니까.

우리는 함께 마지막 담배를 폈다.

정말이지, 3년 반 동안 지속되던 이야기의 마지막 문장에 서 있었다.

그 서로에게 감당하기 힘들 정도로 벅찬 순간,

우리는 지난 세월을 모두 품은 채 서로 껴안았다.

진하게.

그리고 그 미칠 것같이 멋있는 여자가 껴안은 채 나에게 말했다.

"널 사랑한 날들 중에 오늘 널 가장 사랑해…"

나에겐 그 문장이 아직도, 한평생 들어본 말 중에 가장 꾸밈없이 멋있는 말이었다.

그 문장을 듣고 포옹을 풀어 다시 바라본 그녀의 볼엔 눈물이 흐르고 있었다.

너무나 슬프면서도 너무나 아름다운 사람이었다.

내가 기억하기론 나는 그 순간까지도 그 상황을 대처할 위인이 못돼 당황한 아이처럼

멍하니 있었던 것으로 기억한다.

마지막 인사와 함께

그녀는 게이트 안으로 들어가고 나는 고속터미널로 향하는 버스에 올라탔다.

도무지 모르겠었다. 내가 당장 느끼고 있는 감정이 무엇인지.

심지어는 아무 감정도 느껴지지 않는 것 같기도 했다.

내가 충분히 슬프지 않다는 생각에 내 자신이 괴물 같다는 생각이 들 정도였다.

그렇게 버스는 출발하여 고속도로를 달리기 시작하였다.

나는 두 귀에 이어폰을 꽂고 내 뒤로 빠르게 없어지는 밖을 무감각하게 응시하였다.

그러다 어느 순간 텅 빈 버스 뒷좌석에서 발견하였다.

꺼 놓은 핸드폰과

미친놈처럼 울고 있는 나를.

나는 그 후 삼 일간 핸드폰을 켜지 않았다.

그냥 그렇게 울었다.

제주 Rehab (첫날)
[Rough Ver.]

내가 이곳에서 일 년을 살 거라고 말했을 때 주위에선 내가 외로워서 분명 후회할 거라고 했다. 하지만 나에겐 아무도 모르는 바닷가보다 북적거리는 도시가 더욱 외로웠다. 사람이라면 누구나 혼자 있는 시간을 존중할 줄 알아야 한다고 생각했다. 그곳엔 외로움보다 강렬한 자유로움이 있기 때문이다. 나는 이곳에 방치되어 가족들의 따스한 품을 매일같이 느끼지 못한다거나, 매일 만나던 친구들이 없을 것 따위는 전혀 걱정하고 있지 않았다. 오히려 일 년간 아름다운 자연 속에서 완전히 혼자일 것이라는 사실이 설레었다. 더 솔직히 말하자면, 그러기 위해 떠나는 거였다. 내가 알고 있거나 익숙해져 있는 모든 것들로부터 해방되어 아무런 약속 없이 마음대로 생각하며 자연같이 되고 싶었다.

처음 공항에 도착했을 때, 아버지 회사에서 일하시는 분 중 제주도분이 내가 일 년 동안 살 곳을 구하는 것을 도와주신다며 마중 나오셨다. 그분은 젊은 아저씨였고, 나는 어린 성인이었다. 도착하자마자 어색한 인사를 주고받았지만, 나는 내가 결국 이곳에 정말 왔다는 사실에 너무나 들떠 있어 인생이 나에게 건네는 모든 어색함을 원샷할 수도 있었다. 그분은 나를 만나자마자 자기가 지금 물사모 회원들과 점심식사가 있는데 같이 가자고 했다. 나는 그 생소한 단어를 궁금해하며 물었다.

"물사모가 뭐예요?"

"아, 물고기를 사랑하는 모임이야"

나는 반사적으로 당황하는 기색을 최대한 후드 밑에 숨겨 넣으며 머릿속으로 한 글자를 길게 생각했다. '엄······.'

"근데 물고기만이 아니고, 물을 다 사랑하는 모임이지. 바다! 술! 다! 하!"

"아…그렇군요…"

굉장히 자신 있고 재미나단 듯한 에너지로 말하셨지만 나에겐 그저 낯설고 내가 기억하는 내 인생에선 상상도 못할 신세계였다. 물을 도대체 얼마나 사랑하는 건지 감을 잡을 수가 없었다. 나는 이곳이 단순히 내가 살아보지 않은 곳이 아니라, '쌩으로 섬'이라는 사실을 실감하며, 승낙하는 것 외엔 아무런 옵션이 없기에 알겠다고 했다.

"네~ 점심 먹어요."

그분의 차로 음식점까지 이동하며 그는 나에게 왜 제주도에 혼자 와서 살기를 택했으며, 아버지는 어떻게 허락하셨으며, 언제 유학을 갔으며, 무슨 공부를 하며, 등등 나에 대한 호기심의 보따리를 풀었다. 그분의 입장에선 나의 정체가 궁금할만도 했다. 나는 친구들과 있으면 한없이 마음 약해져 술잔만 기울이는 방탕한 생활을 접고 일 년간 자연 가까이에서 내가 하고 싶은 일을 하러 도피 왔다는 것을 간략하게 말했다.

"작업하러 왔어요."

그는 나의 의사 결정을 승낙해주신 아버지의 자유분방한 교육방식에 감탄하기도 하였다.

나의 아버지는 나와는 다르게 굉장히 엘리트이시다. 바른 생활을 해오셨고, 언제나 논리적이고 이성적이며, 현명하시다. 자유로우신 분이라고는 표현 못하겠다. 하지만 자유와 예술에 대한 가치와 존중을 언제나 의식하며 사시는 멋진 분이시다. 그렇기에 아버지는 늘 나의 평범하지 않던 선택들을 내켜 하지 않으면서도 믿음과 꾸중과 함께 지원해주셨다. 아들로서 부모에게 바랄 수 있는 가장 큰 선물은 다름 아닌 이해다. 아버지와 내가 하려는 것을 같이할 수는 없지만, 언제나 창문 너머로 나를 바라보며 이해해주시려는 최대한의 노력을 하셨다. 그리고 나에게 주어진 1년 중 가장 성취하고 싶은 것 중 하나 역시, 그 이해에 대한 감사하다는 실질적 보답이다. 결코 내가 제주도에서 1년 동안 보고 느끼고 생활한 것이 헛되지 않고 내 인생에 엄청난 긍정적 양분이 되어 돈 이상의 투자가치가 되도록 사는 것 말이다.

음식점에 도착했을 무렵, 물사모 회원들은 이미 방 안에 앉아 물고기 얘기가 한창이었다. 내가 입장하자 모두의 눈에서 쏘는 화살이 나를 명중하였다. 모두 30대에서 50대 아저씨들이었다. 나는 세상에서 가장 어색한 88도 인사를 인원수대로 하고 방구석에 뻘쭘하게 앉았다. 나는 이곳에 제대로 아는 사람도, 제대로 아는 음식도, 제대로 아는 냄새도 없었다. 그리고 잘 아는 물고기라고는 상어와 연어밖에 없었다. 심지어 이곳의 공기조차 나의 귀를 스칠 때마다 '너는 누구냐'라고 속삭이는 듯 모든 분위기가 나에게 질문을 던졌다.

아저씨는 내가 엉덩이를 땅에 붙이자마자 다짜고짜 모두에게 나를 소개하기 시작했다.

"예비 물사모 회원이에요."

나는 그 말을 듣자마자 내가 제주도에 도착하고 정확히 30분 만에 모든 것이 잘못됐음을 느꼈다.

"하하하…아… 오늘 제주도 왔습니다. 1년만 살다 다시 서울로 올라가요."

아저씨들은 나의 말에 별 관심이 없었다. 지금 막 나오고 있는 뜨끈뜨끈한 음식에 대한 재촉과, 입 안 가득 생선을 씹으며 앞사람과 자신이 키우는 물고기를 얼마나 아끼는지에 대한 말들을 하는 데 바빴다. 나는 모두 들었다. 내가 알고 있는 내용은 아무것도 없었으나, 사실 모든 것이 흥미로웠다. 모두 첫경험이었기 때문이다. 첫경험이란 종류를 떠나 언제나 그 실감도가 강하다. 좋은 첫경험이건 안 좋은 첫경험이건, 첫경험이란 신선하고 신선한만큼 생기있게 다가온다.

그들 중 가장 젊은 형은 물고기 키우는 것에 대해 유난히 열정적이고 박식해 보였다. 그가 입을 열 때 내가 옆에서 비트박스만 한다면 그건 바로 힙합이었다. 그는 자신이 돈을 어떻게 모아 얼마짜리 어항을 새로 구입했으며 그 어항에 무슨 종의 물고기를 키우고 있으며 그 물고기가 무엇에 예민하고 무얼 즐거워하는지 같은 물고기의 심리적 이해까지 모두 랩하고 있었다. 물사모라는 것을 만만하게 봐선 안 되겠다는 생각이 들었다. 그들은 전문가였고, 대화 한 마디 한 마디에서 그들의 물고기를 향한 리얼러브가 느껴졌다. 단지, 그런 말들을 하면서 물고기를 먹고 있을 뿐이었다.

나는 조용히 젓가락질만 했다. 활발하고 당당한 편이여서 나름 사교성 있는 성격의 소유자이기도 하지만, 동시에 낯가리는 소심한 구석쟁이의 면도 상당히 갖고 있었다. 그리고 이런 자리에선 나는 늘 내 안에 모서리에게 지곤 했다. 나는 의식을 세우고 그들의 말들을 모두 듣고는 있었지만, 이해나 암기까지 하려는 노력은 안 하고 있었다. 내 앞에 생선과 함께 놓인 수육이 무한리필 된다는 사실에 놀라워 아낌없이 나의 미각과 귓속말만을 하고 있었다.

식사는 끝났지만, 그들의 '내가 너보다 물고기 더 사랑해' 대화는 끝나지 않았다. 한참 이어진 물고기 사랑으로 물고기를 소화시키고 하나둘씩 어항만 해진 배를 잡고 일어나기 시작했다. 마침 그 물사모 회원 중 한 명이 내가 1년 동안 살 집을 구하는 것을 도우려는 부동산에서 일하시는 분이었다. 나와 나의 유일한 아저씨와 부동산 아저씨는 셋이서 같이 마티즈를 타고 시내의 오피스텔을 보러 다녔다. 하지만 나는 오피스텔에 살고 싶지 않았다. 제주도는 제주도인 만큼, 나는 시내와 가깝지만 시내의 일부라기보단 자연의 일부인 곳에서 매일 아침 눈을 뜨고 싶었다. 다시 말해, 매일 아침 눈을 떠 침대에서 일어났을 때 창밖으로 바다가 보였으면 했다. 집이 좋고 안 좋고는 전혀 상관없었다. 난 단지 집안에서 바다가 보여야 한다는 조건만을 강조하였다.

나에겐 로망이 있었다. 매일 해가 고개 숙일 무렵 자전거를 타고 바닷가로 가, 사람 없는 모레사장에 엉덩이로 프렌치키스를 하고 지평선 너머로 지는 태양을 바탕화면으로 책을 읽거나 글을 쓰거나 그림을 그리는 환상이었다. 아무래도 어렸을 적 읽었던 그림책들에 나왔을 법한 자유로운 시골소년이 부둣가에서 호기심을 키워나가던 그 그림들이 결코 잊혀지지 않고 내 가슴속에서 영원한 달걀로 기다리고 있었나 보다. 나는 내가 도시에서 여태껏 겪지 못했던 자유를 겪고 싶었다. 정말 자유로운 자유 말이다. 내가 뛰고 있어도 어딘가에 늦어서 뛰고 있는 것이 아닌 것, 내가 식탁에 앉아 밥을 먹다 도중에 불쑥 일어나 아무 말 없이 집을 나설 수 있는 것, 내가 음정 박자 다 틀려가며 노래를 불러도 아무도 듣지 못하는 것, 핸드폰을 마음대로 집에 놓고 다니는 것 같은, 하루종일 아무런 약속이나 계획이 없는 것 같은 자유는 물론이고, 아무것에도 종속되어 있는 일부가 아니기에 그 어떤 전화를 안 받는데도 괜찮을 완전함. 나는 잠시 오로지 나이고 싶었다.

집을 몇 군데 둘러봤지만, 모두 마음에 들지 않았다. 둘러본 모든 집들이 너무 서울의 오피스텔같이 촌스러웠다. 인간적 느낌이 없었다. 집의 실용성보다는 분위기가 더욱 중요했다. 나는 내 마음에 큐피드의 화살을 쏘는 집이 나타나기 전까지 모텔에서 지내기로 했다. 하루 동안 둘러볼 수 있는 집을 모두 둘러봤을 땐 저녁시간이었고, 아저씨는 물사모 회원들과 같이 저녁을 먹자고 했다. 물사모 회원 중 한 명이 운영하는 고깃(여기선 돼지)집이 있는데, 제주도 맛집이라고 하였다. 나는 아무렴 좋았다.

도착한 고깃집엔 오후에 본 회원도 있고 못 본 회원도 있었다. 하지만 모두 물사모의 지존 훈장을 달고 있었다. 고기가 나오자마자 그들의 '내가 너보다 물고기 더 사랑해' 2부가 이어졌다. 고기는 가브리살이라고해서 서울에서도 충분히 접할 수 있지만 나름 생소한 부위였다. 내가 기대했던 흑돼지는 아니라고 했다. 하지만, 그 가브리살을 처음 짚어 깻잎에 싸 멸치소스에 담갔다가 먹었을 때 나는 본능적으로 돼사모를 계획하고 있었다. 돼지를 먹고 있을 뿐이지, 나는 분명 이 돼지에게 첫입에 반했다. 그리고 제주도만의 한라산 소주가 볼을 붉히는 그 즈음, 그들의 '내가 너보다 물고기 더 사랑해' 2부도 슬슬 애정이 가기 시작했다.

제주도를 보며

살아 있다는 것
조금만 생각해보면 얼마나 아름다운가

살아 있다는 것
조금만 방심하면 얼마나 우울한가

나의 훗날을 계획할 수는 있지만
예언할 수는 없고
너와 내일을 약속할 수는 있지만
보장할 수는 없다

오랫만에 만난다는 것
어찌 그리 반가울 수 있는가
껴안는 것 이상으로 나는 무엇을 도와줘야 하는가

살아 있는 동안 글을 쓰지 않는다면,
삶은 결국 어디로 가는가

묵묵히 그리워하고 있으니,
걱정하지 말게

살아 있다는 것
조금만 진정하면 얼마나 그럴싸한가

살아 있다는 것
조금만 나태해지면 얼마나 무료한가

스펙으로 따지자면 내 인생은 저기 달동네 위에 반지하 어딘가에서 컵라면을 끓인다. 하지만 경험으로 따지자면 내 인생은 저기 달 위에 초원 어딘가에서 별들을 쇼핑한다. 순위가 높은 학교를 다니지 않았지만 개성 있고 좋은 환경의 학교를 나왔으며, 기숙사 방으로 돌아오는 길에 오른손에 트로피를 들고 다니진 않았지만 좋은 사람들과 어깨동무를 하며 돌아왔다. 학벌만을 쫓던 친구들이 교과서에서 남들의 이야기를 외울 때 나는 도시나 자연에서 나만의 이야기를 만들고 다녔다. 나의 경험들은 결코 종속되어 있지 않고 다양하며, 남들에게 들려줄 가치가 있는 재밌는 이야기라는 사실이 나를 자신감 있게 만든다. 더 재밌는 이야기들을 경험하기 위해 스펙쌓기를 망각하며 살아왔다. 훗날 내가 어느 회사에 이력서를 제출하고 면접을 봐야 하는 불쾌한 날이 온다면, 나는 이 경쟁사회에서 학벌로 꽃단장을 한 경쟁자들에게서 밀려 떨어지겠지만, 그것은 애초에 내가 추구하는 삶의 방향이 아니기에 괜찮다고 생각했다. 나는 경쟁하며 살고 싶지 않으며, 무엇보다도 사회에서 내 놓은 정석대로의 고리타분한 길로 가고 싶지 않다. 그 위엔 어설픈 안정장치가 있을 뿐이지, 아무런 보물이 없다. 내 인생, 내 이야기, 내가 하는 것, 내 안에서부터 창조되는 것들, 내 느낌, 내 말투, 그리고 내 눈빛이 그 누구로 인해서도 복제될 수 없는 나만의 독보적인 브랜드이고 싶은 것이다. 그렇게만 된다면, 경쟁은 필요 없어진다. 나다운 것은 오로지 나를 거쳐야만 경험할 수 있는 것이 되어버리기에. 나는 누군가의 밑에 들어가고 싶지 않다. 내가 알고 있는 내 안에서 끓고 있는 나로 살아야만 적성이 풀리기에, 나는 내가 원하는 것들을 언제나 우선시할 것이다.

스펙쌓기, 당신 체질에 맞는다면 계속해서 한줄 한줄 수집해라. 하지만 나처럼 체질에 맞지 않는다면, 얼른 스트레스를 벗고 나와 한줄 한줄 모험해라. 신중히 결정해라, 원하는 인생이 일류 조직에 기계로라도 들어가고 싶은 것인지, 아니면 자신이 자기 삶의 주인인 일류 인생을 살고 싶은 것인지. 나는 이성을 덮어 놓고 불가능만을 갈망하는 몽상가가 아니다. 사회적으로나 감정적으로 큰 성공을 거두고 싶으며, 부와 명예를 모두 포함한 그림은 언제나 내 삶의 목표이다. 단지 한 번 사는 인생에서 옳고 그른 것이 무엇인지 구별하려 하고, 그것이 훼손된 속물적이고 기계적인 성공은 아무런 가치와 멋이 없어 보일 뿐이다. 우리는 인생에서 정말 중요한 것들이 무엇인지 각자 안에서 이미 알고 있다. 그것은 바로, 진실하고 아름다운 느낌들이다.

　　　방황이 따를 것이다. 그리고 그 방황이 아무래도 끝나지 않을 것 같아 포기하고 싶을 만큼 어려울 것이다. 하지만 자신만의 새로운 길을 위한 방황은 당연하며 아름다운 것이기도 하다. 그 신념을 놓지 않는 것이 순수함이기도 하다.

　　　성공하고 싶다. 성공하자. 하지만 남들이 밟은 길을 옳거니 하지 말고 아직 존재하지 않는 나만의 길을 직접 내자. 그리고 그곳에 도달하기 위해 훼손해도 될 것과 안 될 것을 구분하자. 내 소신대로, 당당하고 멋있게, 그리고 진실하게. Be real.

Hip-Hop

코 흘릴 때
by 토끼 (이선기, 이환, 형)

original song by
NaS, "Surviving the Times"

코 흘릴 때 막 뛰어놀 때
몸집은 작았어도 하는 생각 컸지
반 애들 반 이상이 대통령 wanna be
나머지 반도 당찼지 상당히
널널한 주머니 그래도 feel good
나란 사람이기 전에 it was all you
당시엔 당연해 보였던 것들이
어른 세상에 입학한 후엔 전무
잠 많았던 난 밤새도록 잤어
공 좋아해서 날새도록 찼어
불량식품에 있는 동전 다 써
그러고도 웃었어 yeah that's wassup
기억나 5학년 때 내 첫사랑
쬐끔해서 그런지 커 보였던 가방
매일 집까지 대신 들어주는 상상
몇 마디 못했어 열두 살의 실상
그땐 아빠 손이 정말 커 보였는데
이젠 아버지 발이 내 꺼 딱 반만 해
흰머리가 과도해서 염색하실 땐
전날 밤에 해치운 세 병이 확 깨

사람 다 백 살까지 사는 줄 알았어

아니라는 거 할아버지 땜에 알았어

지금 보면 그게 내 첫 번째 이별

그 후론 적지 않아서 정장 하나 했어

그땐 알 길이 없었지

변화들이 신속해질 거란 사실

머물고 싶어도 움직여서

오늘이 어느 순간 빛바랜 사진

가끔씩 있어 늦추고 싶을 때가

아니 멈추고 되감고 싶을 때가

공책 펼치고 펜 들고

오늘 밤만큼은 나 다시 열세 살

어느새 다 커서 코에 수염 나고

다 큰 여자 보면 이상한 생각나고

그게 이상한 게 아닌 걸 알기까지 얼마 안 걸렸어

해보면 회고

거기에 이어서 돈이 뭔질 알게 돼

그걸 빼놓으면 대화가 성립 안 돼

어느 시점부턴 I'm a boy에서 man

이제 벌면서 늙어가면 돼

얽히고 설켜 넘어지는 걸 목격

그 반대의 경우 역시 드물게 보여

불변할 줄 알았던 내 주변이 흩어질 때

눈물 훔쳐 몰래

남들은 다

앞만 보라지만
버릴 수가 없어 뒤돌아보는 습관
그래서 내가 뒤쳐진 건지도 몰라
그래서 면한지도 내 완전한 몰락
과거는
누구에게나 있는 거
허나 간직은
몇몇만 하는 거
난 욕심쟁이여서 절대 안 버려
못 버려
오늘도 옛날을 살어

II

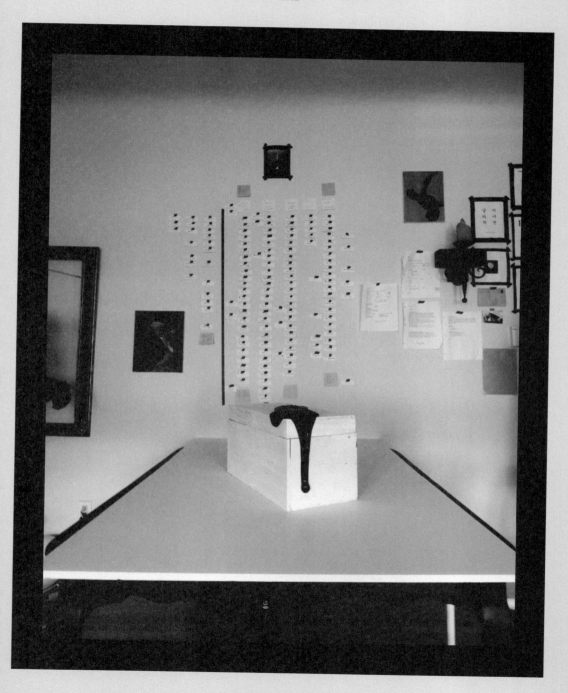

조각낸 추상화

이해는 가는데, 공감은 안 간다

당신이 하는 말이 이해는 가는데,
앞으로도 기억은 하겠는데,
뿌리는 그렸는데,

나는 그저 동의하지 않는다.

머리에 털은 섰는데,
가슴이 발기되진 않았다.

First Impression

펑!!

Category of Artists

아티스트는 붓칠을 하는 사람도, 술을 많이 마시는 사람도 아니다.

그는, 삶을 개인적으로 연구하고 다루는 사람이다.

단지 정도의 차이가 있을 뿐,

각자만의 낭만을 쫓는 우리는 모두

어쩔 수 없이 아티스트이다.

Conscious Artist
(의식적 아티스트)

자신이
아티스트임을
자각하고 있는
사람

Ghost
(유령)

생각하는것이나 감성을 다루는 방식은
Conscious Artist와 같지만, 자신이
아티스트임을 자각하지 못하는 사람

Unconscious Artist
(무의식적 아티스트)

자신이 아티스트임을 자각하지 못하는
대부분의 사람

Conscious Artist (의식적 아티스트)

삶의 낭만을 의식하고 주기적으로 내면으로의 여행을 떠나는 자들이다. 그리고 대개는 본능적이게, 그 안에서 발견한 것들을 외부로 어떠한 도구나 기호로 표현하려는 사람이다. 그러한 성향에서 뻗어나간 직업의 한계는 없다. 화가, 과학자, 사업가, 운동선수, 정치인, 철학가, 개그맨, 배우, 의사, 교수, 매춘부, 종교인, 조폭, 범생이 등 그 어느 분야에서도 찾아볼 수 있다. 자신이 개인적으로 믿고 있는 것이나 주장하고 싶은 것이 뚜렷한 편이며, 그것을 밖으로 표출하고 확실하게 소신을 지키려 하며 살아간다. 주로 생각이 대중보다 자유롭고, 변화와 새로운 시도 같은 어떤 짜여진 규율을 깨는 데에 호감을 느끼며, 자신만의 주관으로 자신이 하고 있는 일을 아트 다루듯 예술의 경지로 승화시키는 사람들이다. 자신이 발 담고 있는 분야를 떠나, 어떤 식으로든 창조를 갈망하는 사람들이다. 수익과 이득을 위해서 살아가는 사람이기 이전에, 자기만족을 위해서 살아가는 낭만주의자들이다. 최대한 자신이 원하는 대로 하는 날라리이기도 하다. 자신이 원하는 것이 확고하기에 고집이 쎄고 자부심이 강하다. 그들은 자신이 누구이고 무얼 원하는지에 귀 기울이며, 그렇게 하지 않고는 못 배기는 의식적 아티스트이다. 그들에게 "세상이 원래 그래" 같은 말은 한낱 한숨에 불과하다.

Unconscious Artist (무의식적 아티스트)

자신도 결국 아티스트임을 알고 있지 못하는 무의식적 아티스트들. 주로는 아트라는 개념 자체를 구식의 관점에서 바라보아 그림이나 음악 같은 예술의 결론적인 형태만을 생각하는 벽을 부수지 못하고 어렵게 생각하는 사람들이다. 때로는, 세속과의 타협만을 삶의 본분으로 여기는 사람들이다. 자신에게 이상적인 길보다는 사회에서 포장해준 길 위에서 걸으며, 그것이 안정적이게 잘살아가는 유일한 길이라고 생각하는 사람들이다. 주로 남의 꿈, 즉 사회에서 요구하는 미래가 자신의 꿈이라고 착각하거나 혹은 자신은 특별한 꿈이 없다고 믿는다. 하지만 그들도 자신만의 취향과 성향이 있는 불가피한 아티스트들이며 언제나 자신도 모르게 자신을 충족시켜 주는 것들을 쫓고 있는 자들이다. 그들 안에 발굴되지 않은 무수한 잠재력이 있으며, 그것을 끌어내기 위해선 먼저 자신을 의식부터 해야 한다. 사회에 말고, 자신의 내면에게로 참여해야 한다. 그들에게 필요한 것은, 멘토, Conscious Artist들과의 깊은 대화와 교류, 자신을 통째로 포기해볼 수 있었던 사랑, 무의식을 충격적이고 와 닿게 흔들어주는 사건, 혹은 삶의 상처 등등이 있다. 그러한 것들은 일상을 200년간 반복해서 산다고 해도 깨우치지 못할 것들을 귀띔해주는 힘이 있기 때문이다.

Ghost (유령)

Conscious Artist와 Unconscious Artist 중간에 위치한 사람들이다. 그들은 이미 Conscious Artist같이 생각하고 느끼며 생활하지만, 자신이 그렇다는 것을 모르는 사람들이다. 예술에 호기심이 많으나, 아직은 마음을 전부 열지 못한 단계. 삶의 낭만을 까다롭게 쫓고 있으나, 자신이 그러고 있는지 모르는 단계. 혹은, 자신이 하는 일을 이미 예술을 다루듯 하고 있으면서 막상 예술인(Conscious Artist)들을 닿을 수 없는 머나먼 곳에 있는 사람들로 바라보는 사람들이다. 그들은 Conscious Artist 눈에는 보이지만, Unconscious Artist 눈에는 보이지 않기에 Ghost(유령)다. Conscious Artist들은 대게는 자아가 확고해서 거만하거나 겸손하지 못한 성향이 있는데, Ghost들은 비교적 겸손하다. 그들은 자신이 예술인인 줄 모르기에 떠벌리고 다니지 않지만, 계속해서 새로운 것을 추구하고 계속해서 꿈을 만든다. Ghost가 Unconscious Artist가 되는 경우는 희박하다. 하지만 그들은 오랜 시간이나 특정 계기와 함께 주로 Conscious Artist가 되곤 한다. 우리나라 유명인 중에 대표적인 Ghost로는 유세윤을 거론하고 싶다. 그가 예능에 나와 게스트들과 주고받는 얘기나 유머스럽지만서도 진지하게 게스트의 말에 귀기울이는 표정만 보아도 그가 삶의 낭만을 존중하고 있음이 나의 눈에 보인다. 웃음으로 가득한 프로그램에서 자신의 꿈을 이루고 나니 "다음은 뭐지?"라는 생각과 함께 우울증에 걸렸다며 눈물을 흘리는 그는 분명 삶에 대해 깊이 생각하는 사람이며, 그가 UV로 나왔을 때 그것은 단순히 대중을 웃기기 위한 프로젝트이기보단 자신이 새로운 것을 시도하고 싶어 하여 만든 한 작품 같아 보였다. 그는 UV 컨셉으로 등장할 때 몰입하여 그 가면을 벗지 않으며 매우 진지하다. 대중을 위한 것이기도 하지만, 그 이전에 진지하게 자기만족을 위해서 하는 것이다. 유세윤이 보편적인 개그맨들보다 자기만의 독보적인 색깔을 갖고 있음에는 그의 이러한 성향이 대중들에게 알게 모르게 어필되기 때문이다. 대중들은 그를 보며 "유세윤은 아티스트야"라고 하진 않을지언정, 그가 다른 여느 개그맨들과는 다른 류의 재치나 센스를 갖고 있음은 그가 "뼈그맨"(뼛속까지 개그맨)이라 불리우는 것에서 알 수 있다. 그는 개그계에 흔치않은 Ghost이기 때문이다. 김준호와 신동엽 역시 이 개그계 Ghost에 거론하고 싶다. 사실 유세윤뿐만이 아니라 모든 연예인이 그렇다. 같은 장르 안에서도 특별히 독보적인 위치를 차지하고 있는 사람들은 모두 Conscious artist이거나 Ghost이다. 이효리, 하정우, 권지용, 홍석천 등 모두 대중을 만족시키기 이전에 까다로운 자신부터 만족스러워야 한다는 철학이 작품에서 드러나며, 그들은 그렇기에 더욱 자신이 하는 일에 복제될 수 없는 독보적인 개성과 자연스러움을 풍길 수 있다.

Individual Reality

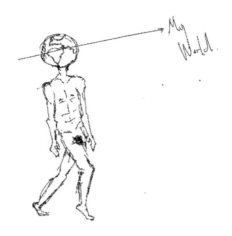

세상 모든 사람은 사람이라는 조건하에 이미 아티스트라고 믿는다. 내가 정의하는 아티스트는 붓을 들고 있거나, 악기를 들고 있는 사람이 아니라, 자신만의 세계를 살아가는 사람을 말한다. 자신이 속해 있는 삶을 생각하는 사람. 그리고 생각한 대로 자기 인생을 다루려는 자. 하지만 우리 모두가 그렇지 않은가. 그 개인적인 예민함과 표출의 정도가 갈릴 뿐이다. 각자가 접하는 객관적 세상은 자기 안에서 개별적으로 해석되어 주관적으로 인식하며, 그것은 개인의 성격, 성향, 취향, 등으로 무의식중에 계속해서 강약을 타고 표출된다. 어쩔 수 없이 본능적으로 자신만의 삶의 낭만을 쫓으며 살아가고 있다는 것이다. 흔히 사람들이 말하는 아티스트, 예술인, Conscious Artist가 주로 더욱 까다롭고 예민한 것은 그들은 자신만의 예술을 극단적이고 절대적이게 추구하기 때문이다. 그들은 자기만의 세상을 충분히 의식하고 인정하기에 자신이 원하는 삶과 자신이 추구하는 분위기, 혹은 마음에 들지 않는 유행 같은 것들이 확고한 것이다. 자신에게 더욱 충실하고 진실해질수록 객관적인 관점에서

더욱 비현실적이어지는 것이다. 자신의 색깔이 강할수록 사회는 거부하거나 찬송한다.
하지만 자신에게 충실한 삶이 아니라면, 그 삶은 과연 가치가 있는 삶일까.
끝까지 자신의 소신대로 버티는 것이 우리 모두의 가치이자 의무라고 믿는다.

"The more real you get, the more unreal it gets."

John Lennon

Experience Your Imagination

너의 상상을 경험하라

취기의 기준

0%

맨 정신, 모든 것이 그대로이며 무미건조하다.

30%

술기운이 느껴지기 시작하는 것이 알딸딸해지며, 흥이 나기 시작하거나 술이 더 마시고 싶어진다. 술기운의 서론.

50%~70%

술자리의 본론. 이야기 중이라면 가장 진솔하게 이야기할 수 있으며, 흥이 나는 자리라면 춤추기 가장 좋을 때이고, 슬픈 자리라면 안구에 습기가 찼을 때이다. 술자리에서 가장 오래 지속되는 단계이기도 하다. 취했으나 정신이 있어 조절이 가능하다.

70%~90%

위험하기 시작해진다. 한 잔 더 마셨을 뿐인데도 10%씩 훅훅 올라가 단번에 기억을 잃을 수도 있고, 자신의 의지와는 상관없는 행동이나 말을 할 수 있는 단계. 이야기 중이라면 혀가 꼬여 있거나 긴 말을 하는 중에 자신이 무슨 말을 하고 있었는지 까먹기도 하고, 춤을 추고 있다면 박자와 균형을 같이 잃기 시작하며, 슬픈 자리라면 콧구멍까지 습기가 찼을 때이다.

꽐라의 경지를 말한다.

90%~100%

남의 부축을 받으며 집에 가거나, 혹은 집에 안 가거나. 필름이 끊긴 상태. 다음날 숙취로 하루 종일을 낭비할 터이다.

110%

남의 등에 업혀 집에 가거나, 혹은 집에 못 가거나. 잘못되어버린 상태. 다음날 술을 끊겠다고 말하고 있을 터이다.

술을 마실땐 70%를 넘기지 않는 것이 좋으며, 아무리 술이 약한 사람이라도 그 사람의 주량에 맞춰 이 취기의 기준을 적용할 수 있다. 소주 3병을 마실 수 있는 사람과 소주 반병을 마실 수 있는 사람이 술을 마신다면 한잔 한잔 똑같이 마실 것이 아니고, 센 사람이 두 잔 마실 때 약한 사람이 반잔 마시는 식으로 서로 주량에 맞춰 취기를 같게 하는 것이 가장 이상적이다.

두사람이 한자리에 취기 50%~70%를 유지하며 대화한다면
그 안에선 보물이 하나 나오거나, 추억이 하나 남기 마련이다.

당신은 지금 몇 프로인가?

눈빛대화

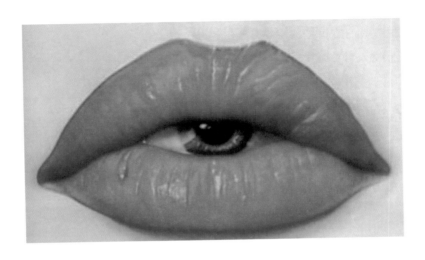

우리는 결국 입으로, 언어로 진심을 보이지 않는다.

가장 음흉하고 솔직한 심정은 아무런 소리 없는 눈빛이 전부 폭로한다.

언어로의 대화는 타협이나 표현 정도이지만,

눈빛으로의 소통은 고백이다.

언어도 이미지도 아닌 내면의 어떤 심상이나 가슴속의 어떤 느낌을 두고 우리는 최대한 말로 해석해내려 하지만, 그 과정에서 이미 너무나 많은 것들이 단어 선택에 의해 과장되거나 배제된다. 하지만 눈빛은 다르다.

눈빛은 심성을 다른 형태로 해석하지 않는다.

자신 안에서, 밖으로 표출되기에 충분히 정리되지 않은 그 무엇을,

본질 그대로 향을 내기 때문이다.

눈빛이 담고 있는 것은 사람 내면의 향이라고밖에 표현하지 못하겠다.

그것은 너무나 솔직한 동시에 은밀해서 무섭기도 하며,

때로는 너무나 날것이어서 마주하기 민망하기도 하다.

눈을 마주쳐가며 대화를 나눌 때도 있고
눈을 피하며 말을 나눌 때도 있지만,
전자든 후자든 결국 상대방의 입에서 나오는 소리가 진심인지 개소리인지 판단하는
것은 눈빛의 진정한 고백을 목격함에 달려 있다.
사람의 불행이나 불안감은 모두 눈빛에 상처 나 있으며,
사람의 행복이나 자신감 또한 모두 눈빛에 팔라되어 있다.

나이가 들어 경험이 쌓여가며 사람들은 자신이 걸어온 길이나 살아온 성격을
눈빛에 고스란히 담으며, 눈빛은 곧 자신의 명함이 된다.
생각하는 대로 사는 자, 사는 대로 생각하는 자,
남들에게 착한 자, 남들에게 못된 자,
솔직한 자, 위선인 자,
꿈이 있는 자, 그리고 꿈이 없는 자.
자신이 어떤 사람인지 감추기 위해 아무리 묵비권을 행사하거나,
사기를 쳐도,
눈빛이 그 이상을 들춰내고 있음을.

눈이 너무나 많이 말하고 있음을.

그리고 이런 자신만의 이야기를 품은 성인의 나이가 되었을 즈음,
불행히도,

모든 눈 마주침이 눈싸움이 된다.

시를 읽는데

1
기호들이 창고에 먼지와 함께 쌓인다
그중엔 도형들도
난해한 언어들이 멈출 생각을 않는다
마침표까지 부딪혔는데 기억이 나질 않는다

2
이불 밑에 잠들어 있는 것이 궁금하다
그중엔 알지 말아야 할 것도
난해한 언어들이 멈출 생각을 않는다
데자뷰 같은 반복 속에서 길을 잃는다

3
부싯돌같이 불꽃 하나가 튄다
그 안엔 진실의 정원도
난해한 언어들이 코트를 벗기 시작한다
선율이 흐르고 누군가는 장단에 맞춘다

4
소나기가 거꾸로 오르듯 시원하다
그 안엔 사계절도
언어들은 처음부터 말이 아니였음을
글씨를 밟고 지나가야 보이는 풍경을 목격한다

5
어느새 나도 나체이고 시도 나체이다
그리고 언어는 증발하였다
오직 삶의 잔상과
저자에게 질문할 것만이

Pen is,

Pushy

글쟁이

설명이라도 하자면,
나는 담배연기를 글로 그리고 싶었다.
그리고 초침에서 떨어지는 박자 따라 흔들리는 그 무용을,
비흡연자들에게 내뿜고 싶었다.
그것은 악취가 아니다. 타락의 상징도 아닌,
없어진 날들과 없을 날들의 화장 비슷하여
괴로운 진실을 포착하는 거짓이다.

Maslows' Hierarchy (매슬로의 욕구 8단계)
[Batman Remix]

VIII
초월
(Transcendence)
[Batman]

VII
자아실현욕구
(Self-Actualization)
[Bruce Wayne]

VI
미적욕구
(Aesthetic Needs)

V
인식욕구
(Cognitive Needs)

IV
자존욕구
(Esteem Needs)

III
사랑 및 소속감의 욕구
(Love & Belongings Needs)

II
안전욕구
(Safety Needs)

I
생리적욕구
(Physiological Needs)

[1-4 결핍 욕구]

없어선 안 될 것들의 욕구.
하단의 네 단계를 충족하지 못하면 불쾌감을 불러일으킨다.

    1.생리적 욕구(Physiological Needs)
      -음식, 물, 산소, 온열 조절, 활동, 휴식, 섹스 등
    2.안전 욕구(Safety Needs)
      -잠재적 위험으로부터의 보호감, 정신적 육체적 모두
    3.사랑 및 소속감의 욕구(Love & Belongings Needs)
      -주고받는 사랑, 신뢰와 승인, 무리나 단체 속 소속감
    4.자존 욕구(Esteem Needs)
      -자기 존중, 자율성, 성취감, 외부로부터의 인정과 존중

[5-8 존재 욕구]

있으면 더 좋은 것들의 욕구.
상단의 네 단계를 충족시키면 쾌감을 불러일으킨다.

    5.인식 욕구(Cognitive Needs)
      - 정보와 이해, 의미 추구, 진리 추구
    6.미적 욕구(Aesthetic Needs)
      -미의 추구, 예술과 자연, 균형, 규칙, 모형, 등
    7.자아 실현 욕구(Self-Actualization) [Bruce Wayne]
      -자신의 잠재능력을 모두 발휘하는 상태, 몰입 상태, 최상의 상태, 브루스 웨인
    8.초월(Transcendence) [Batman]
      - 배트맨 "Legend"

Observation Part I

그것은 하늘 넘어 높은 곳에 있지도
수평선 넘어 지도 밖에 있지도 않다.

우리는 밤하늘에서 우주를 목격하고
대수롭지 않게 고개를 내린다.

우리는 태양의 열을 두루고도
그와의 거리를 생각해보지 않는다.

우리는 무한한 팽창 속을 헤매면서도
그 무시무시함을 실감하지 않는다.

우리는 분자보다도 작은 존재이면서
앞에 보이는 것들로 나머지를 판단하며
무시할 수 있는 모든 풍선에 바람을 불어 넣어
삶의 의식과 감정을 포화시킨다.

우리 가벼운 존재는,
언제나 무거워 휘청인다.

뿌리칠 수 없으리 (Nature Orgasm)

파도의 능숙한 연주가 나의 귀를 로맨틱하게 핥으며 시작되었다.
나의 온몸을 적시는 것에서 멈출 생각이 아니였는지,
결국 뜨거운 태양은 나의 옷을 벗겼다.
몸 안에서부터 열기가 올라오는 것이
숨이 가빠 오고 몸을 가만히 못 두겠다.
"하…"
습한 바람이 나의 맨살을 끈적하게 애무한다.
이미 다 벗은 몸,
이 찝찝함이 불쾌하기보단 불법같이 야하다.
땀방울 하나가 촉촉하게 몸을 타고 내려가는 것이 유난히 자극적이다.
목에서 가슴으로…
가슴에서 배꼽으로…
숲 속에서 의식을 잃는다.
살며시 감겨지는 눈으로 바라 본 바다는,
나에게 마지막 손짓을 하며 뒷걸음질하려 한다.

"이제 들어와 줘."

도시와 자연

도시 속에선 자신이 아무도 아닌 존재라는 생각에 절망할 수 있고,
자연 속에선 자신이 아무것도 아닌 존재라는 생각에 겸손할 수 있다.

말조심

잡념을 상대방에게 말함으로써 모든 것이 바뀐다.
내 안에서 사실은 별것도 아니었던 것들이
입 밖으로 해방되면서부터, 그리고 남이 그것을 귀담아 들어 보관하면서부터
그 말의 내용이 사실상 지녔던 본질보다
더욱 확고해진다.

내 안에서 가늠할 수 없는 안개같이 뿌옛던 잡념은
수다 떤다는 핑계로 내 밖으로 나와
한눈에 보이는 돌 되어
괜히 그럴싸하게 기록되는 것이다.
말로써 존재한다는 것 자체가 과대평가 받고 있는 것인
잡념들의 분발.

형태도 없던 것에 형태가 생겨버리고,
별 가치도 없는 것에 가치가 생겨버리는 것이다.

그래서 말은 조심할 필요가 있다.
누군가에게 상처나 피해를 주지 않기 위해서 조심하는 것뿐이 아니라,
자신을 덜 어질러 놓기 위해서라도
말은 조심할 필요가 있다.

흔히들 말하는, 사람은 말하는 대로 된다는 말,
쓰잘데기 없는 것을 너무 많이 말하다 보면 그 잡것에 생명이 더해져

삶의 초점은 그만큼 분산된다.
중요하지 않은 것들에 마음과 생각을 낭비하는
중요하지 않은 사람이 되어버린다.

충분한 생각의 정리도 하기 전에,
자신 안에 있는 것을 모두 남에게 말로 폭로하고 다니는 사람들은,
자신의 인생을 잡으로 두르는 사람.

그리고 곧, 불평과 투정이 많은 사람이 되기도 한다.

자신이 범인인 줄도 모르고 계속해서 유출되는 자신의 삶엔,
온통 무거워져버린 가벼움뿐일 테니.

그리고 이것의 가장 큰 문제가 SNS다.

Gun sue agree tour naive fix even sight time and Zen
(火)

1. 너무 열 받아서 온몸에서 총을 찾는다.

2. 가장 잔인하고 통쾌한 복수밖에 생각나질 않는다.

3. 자존심은 상했지만, 진정을 한다.

4. 이성적으로 사건을 되돌아본다.

5. 사건의 발단과 내용 모두 굉장히 유치했음을.

6. 만감이 교차하면서 마음이 조금씩 착해지기 시작한다.

7. 더 크던 작던, 분명 나의 잘못도 한몫했음을.

8. 반성과 함께 새로운 마음가짐이 보인다.

9. 이 또한 지나가리.

10. 그냥 한낱 어른이 되기 위해 거치는 사건이었음을.

Girls, Guys, and Moi

Girls hate to be serious
Guys don't like to go deep
I love 'complicated'

Girls love jokes
Guys love pranks
I love wits

Girls like to act like they're different
Guys love to think that they're better
I love to prove that I'm moi

Girls love to talk from behind
Guys love to stab from behind
I love to watch

Girls love to be deluded that they're some
decent luxury who cannot be earned so easily
Guys love to insist that they've got a
clear vision saturated with ambition
I love to hand them poems

Girls love to live in fantasy

Guys like to stick with reality

I love to realize fantasy within reality

Girls hate to be logical and pursue the truth

Guys love to act logical and end up childish

I love to stop at truth

Girls dream of some aristocrat high-class caviar

Guys chase for some colossal tower

I just wanna be successful

Girls love to kill some time

Guys love to waste some dime

I love to do both

Girls love to encode

Guys hate to decode

I love the humor in between

Girls love to sing for themselves

Guys love to sing in front of girls

I would love both if I could only sing

Girls love to act so fragile and scream

Guys love to act so tough and shout

I love to act so human and talk

Girls love to lie

Guys love to cheat

I love to sneak

Girls fall for the wrong type of guys

Guys fall for anybody who would give

I am still searching for that one to tango

Girls don't understand the content

Guys don't care the context

I am tired of being alone

Girls love the process

Guys love the result

I love the behind story

Girls love the idea of love

Guys don't know true love

I pity both

Girls don't know true friendship

Guys love the idea of friendship

I fucking love my friends

Girls love to be touched smoothly and feel the tender skin

Guys love to rush and just score in

I love to enjoy the vibe

Girls think romantic is some fairy

Guys think romantic is girly

I think romantic is purpose of all

Girls are so full of shit

Guys are even more full of shit

I hate to be pissed at these kind of shit

Girls only talk about the tag

Guys only talk about the price

I usually talk about those snobs

Girls love to be the protagonist

Guys love to save the world

I love to save the protagonist

Girls love to fake

Guys love to bluff

I love to explain

Girls love to flirt and vanish

Guys love to buy out and forget

I love to seduce and tell that I'm not in love

Girls just wanna be rich, comfy and dumb

Guys just wanna be rich and promiscuous

I would love to be rich and make a toy of you

Girls love to fuck and hide

Guys love to fuck and tell

I love to sex and dance on

Girls love the sound

Guys love the visual

I love the blending

Girls love to go rough in private

Guys love to go tough in public

I love oil

Girls think celebrities rule the world

Guys think Mafias rule the world

I think everything is art

Girls love to go to Italian restaurants with silver plates

Guys love to go to business room with silver poles

I love to go visit your place

Girls love the dessert

Guys love the main

And I love the waitress

ANXIETY OF SWAG

그

멋
아래
겁

관심병, 관음증, 하지만 나

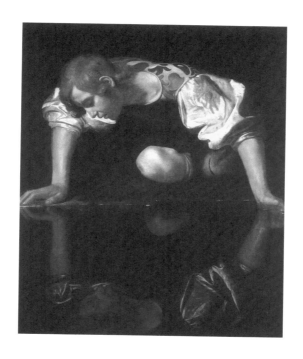

　　관심병, 그리고 관음증. 나를 포함한 현대인 모두가 적절하게 지켜야 하는
그 선을 넘어버려 그 누구도 자신에게 솔직하게 살지 못하는 듯하다. 꼬마 아이들은
세상을 보기도 전에 관심을 최대로 받는 연예인만을 꿈꾸고, 나는 더 이상 내
노트에조차 내 감정들을 육회만큼 날것으로 쓰지 못한다. SNS는 더 이상 젊은이들의
삶에 선택권이 있는 수단이 아니라 사회와 타협하기 위해 무조건 해야 하는 것이
되어버렸고, 그 안에서의 세상은 실제 세상보다 더욱 커져버렸다. 다들 습관같이 외롭다
지랄하며 누군가와 식사한 사실을 홍보하기 위해 풀과 설탕 사진을 올리고, 자신이
아끼는 사람들과 일일이 만나 전부 설명할 수 없던 내면의 생각을 생각도 없이 세상

모두에게 유포한다. 우리는 우리 자신을 더욱 노출시키면서 자연스럽게 더욱 자신만의 고유 존재감을 지키려 한다. 주류이고 싶어 유행은 따라가지만 그 속에서 어떻게든 '특별한 나'이고 싶어 튀어보려는 심리다. 그렇게 모두가 모든 것에 포화된 외로움이 되었다. 산꼭대기에 올라가 펼쳐진 세상에 대고 "내 이름은 XXX야!!"라고 시원하게 소리쳤는데, 귀와 눈을 열어보니, 꼭대기마다 사람들이 자신을 소리치고 있는 것이다. 우리는 모두, 많아지고 외로워졌다. 그리고 우리는 모두, 겉으로 강해지고 속으로 소심해졌다.

　　알 수 없는 이유에서 내 글들은 더 이상 완벽히 솔직하지 않았다. 남들도 읽을 책을 내기로 결심해서 그런지, 혹은 나의 지극히 개인적이던 사생활을 함께 나누는 연애를 하게 되서인지, 나는 더 이상 내 노트에조차 솔직하게 표현하고 있지 않았다. 물론 그 내용이야 육회만큼 진심이지만, 어느새 표현이 남들 보기 좋게 살짝 탓다. 누군가가 언젠가 봤을 때 남고 싶은 이미지로써 글의 분위기를 장식하고 있었지, 예전같이 아무런 생각 없이 생각나는 대로 종이 위에 체한 청춘같이 토하고 있지 않았다. 욕이 더하고 싶었다. 욕이 존나 하고 싶었다. 누군가에게 욕을 퍼붓거나 필요하지 않은데도 불구하고 괜히 욕을 쓰고 싶던 건 아니지만, 내가 삶에 있어서 표현하고자 하는 것엔 욕이 들어가야 마땅했다. 왜냐하면 삶은 욕이랑 어울리니까. 사랑에 빠지면 제일 먼저, "좆됐다!"라고 말하고 싶었다. 좆됐다라는 것은 안 좋은 일을 알리는 것이 아니라 그 어떤 예의 바른 단어로도 표현될 수 없는 강렬한 충격을 말하고 있는 것이다. 내가 감옥에 가도 "좆됐다"이고, 노벨상을 타도 "좆됐다"인 것이다. 하지만 난 더 이상 그런 표현들을 쓰지 않고 있었다. 왜? 정말 남들이 나의 완성되지 않은 글을 보는 게 두려워서? 모르겠다. 인정하고 싶지 않지만 무의식중에 그런 찌질한 염려가 박힌 것도 없지 않아 있던 것 같다. 책을 더 읽어서인지, 또래가 취직하는 나이가 되서인지, 내 글은 어렸을 적 그 무식한 단어들로 깊은 감정을 표현하는 맛이 없어졌다. 격을 차리려 노력하고 있었고, 나는 책을 위해 보충하는 글을 쓰며 내 글들이 재미없어지기 시작했다.

　　남들이 나를 볼 것 같은 두려움만이 문제가 아니다. 더 큰 문제는, 내가 남들을 훔쳐보는 것이다. 관음증, 그 위험한 스릴러. 남들의 삶, 남들의 이야기, 생각, 모습 등 모든 것, 우리는 남의 포장된 삶을 통해 자신을 깨닫는 세대이다. 남을 모방하고, 남을 경계하고, 남을 관찰함으로써 자신을 개척해나가는 연약한 존재들. 그중에서도 가장 무서운 습관은, 남을 볼 때 자신보다 잘살고 있는 것 같은 사람이 부러워 고개를 자꾸만 떨구고 자신보다 병신같이 살고 있는 것 같은 사람이 한심해 자꾸만 침을 뱉는 것이다. 그리고 이 모든 과정에서 자신은 막상 숨어 있는 익명이다. 더 분발했으면 하는 자신의 삶을 남과 비교함으로써 자극받거나 혹은 위로받는 것이다. 그리고 그것이 수많은 SNS와 함께 더욱 진화하여, 이제는 특정 목적도 없이 그저 남들의 인생을 훔쳐보는 것 자체가 자신의 인생이 되어버린, 뿌리 없는 나무가 되어버렸다. 우리 모두가 말이다.

　　　　내 안에 있는 나에게 더욱 미치고 싶다. 내가 어디에 누구와 언제 있든 간에, 완전한 나를 유지한 채로 자신있게 표출할 수 있는 자신감과 내공이 있었으면 좋겠다. 일곱 살짜리 꼬마가 하고 싶은 게 있으면 일단 하고 보는, 허접한 선생님이 학생들에게 말하고 싶은 게 있으면 일단 말하고 보는, 물욕이 많은 성공한 재력가가 소유하고 싶은 게 있으면 일단 사고 보는, 유명해지기를 포기한 무명의 화가가 그리고 싶은 게 있으면 일단 그리고 보는, 그리고 사랑에 막 빠진 사람이 그동안 중요하다 여겼던 것들을 모두 제치고 그녀를 향해 달려가는 듯한 확고함. 그렇게 주위 모든 것을 망각한 채 내 안에서 아직 피지 못한 나에게 헌신적으로 집중하여 여름, 가을, 겨울을 무효시키는 봄을 창조하고 싶다. 나이고 싶다. 상황에 따라 휘청이고 사람에 따라 옷을 갈아입는 그런 사람 말고, 화성에 홀로 남아 춤출 때일 나의 모습을 보존하고 단단하게 굳히고 싶다. 어느 환경 속에 적응해도, 머리를 노랗게 염색해도, 누가 봐도 나일 나.

　　　　관심병, 그리고 관음증. 관심을 받아야 삶의 생기가 돌고 남의 인생도 적당히 훔쳐봐야 삶의 재미가 있음은 분명하다. 하지만 그 북적거리는 사거리 위에서 내가 어디로 가려는 누구이며, 내가 이미 갖고 있는 것들이 무엇인지 자신 있고 싶다. 내가 알고 있는 가장 순수하게 아름답고 멋있는 나를 지키며 살고 싶다.

THE THINKER

WENT SCHOOL

'

BUT SELF-TAUGHT

달팽이

어렸을 적부터 많은 친구들을 사귀며 그들과 운동장을 가로지르고 아파트 단지를 미로 삼고 동네를 점령하며 많은 행복을 낙서했다. 주체할 수 없는 에너지를 어딘가에는 부어야 했기에, 죄 없는 사람들에게 괜히 시비를 걸어보기도 하고 멀쩡히 자신 있게 서 있는 공공물의 자신감을 부수기도 했다. 지나가다 주은 지갑은 노래방 시간 추가로 이어졌으며, 궁핍해서가 아닌, 순전히 더 강렬한 재미와 스릴을 위한 갈망에서 우리의 것이 아닌 무언가를 슬쩍해보기도 했다. 불법이라는 명찰이 달려 있는 행위는 무조건 구미가 당겼으며, 어린 나이에 어울리지 않는 담배를 입에 물고 골목에서 폼도 잡아봤다. 이 모든 것은 나와 내 친구들이 무난한 아이들보다 극단적이고, 공부보다는 호기심으로 마른 목을 축이는 데 더욱 열정적이었다는 것을 뜻했다. 죄 없는 유리창에 돌을 던져 '쨍그랑!' 소리를 듣고 어둠에서부터 서서히 모습을 드러내는 경비아저씨의 실루엣은 우리에게 추격자 같은 스릴을 줬다. 그리고 우리는 그런 스릴 없이는 하루도 편히 잠들지 못했다. 지금 생각해보면, 구체화되진 않았지만, 그 시절부터 우리는 남다른 열정이 있던 것 같다. 자신이 무엇을 잘하고 무엇에 관심이 있는지 알아보기도 전에 단순히 '다들 하니까'라는 이유로 방과 후의 무한한 경험의 기회를 학원에서 손톱 물어뜯는 데 모두 증발시키고 가뭄이 되어 집에 돌아가는 학생들보다는 좀 더 '뭔가' 있었다. 왜냐하면 적어도 우리는, 무엇을 하고 있으며 무엇을 안 하고 있는지는 알고 있었다. 무엇을 좋아하며 무엇을 싫어하는지가 분명했다. 그 시절 여름방학 팔각정에 둘러 앉아 상스러운 욕으로 대화의 절반을 메꿔가며 미래를 꿈꿨을 때 우리는 모두 밤하늘을 날아다녔다. 입 밖으로 표현할 수 있는 모든 것은, 당당히 손으로 잡을 수 있으리만큼 자신있었다. 아직 꿈이 형태를 잡지 못한 친구들에게 꿈은 '부자'였고, 꿈이 있는 소수는 꿈을 다 말한 문장 끝에 자신도 모르게 행복한 상상에 빠져 있었다. 우리는 거침없었지만 행복했고, 욕이 많았지만 순수했다. 그리고 작았지만, 당당했다.

시간이 많이 지났다. 어쩌다 이렇게까지 많이 지났는지는 나도 알 수 없다. 하지만 천국으로 갈지 지옥으로 갈지 심판을 기다릴 순간만큼이나 멀어보이던 군입대는 어느덧 남자들의 마른안주가 되어 벌써 전역 한 친구들도 꽤 있고, 그 중간에 영원할 것 같았으나 기억 저편으로 놓쳐버린 친구들도 몇 있다. 하지만 그런 일찍의 잃음은 괜찮다. 지난 10년을 겪으며 잃는 것 역시 인생을 완성하는 조각임도 이제 알고, 때로는 잃었기에 그것을 더욱 영원히 사랑할 수 있음도 배웠다. 그리고 무엇보다도 사춘기같이 혈기왕성한 지난 어린 세월 동안엔 언제나 잃는 것보다 얻는 것이 더욱 많아 삶의 긍정적 풍족함을 인정할 수 있었다. 하지만 나이가 들수록 심히 거슬리도록 나를 괴롭히는 잃음이 있다. 그런 하루짜리 추억이나 실재적 요소가 아니라, 그 '뭔가' 있어 그토록 한시도 가만히 못 있고 무법자마냥 걸음마다 사이즈 300의 발자국을 남기던 친구들이 이젠 지쳐 자꾸 목적 없는, 낭만 없는 타협을 어쩔 수 없다는 듯 택하려는 것이다. 순수함의 잃음이다.

10년이 지나 팔각정이 소줏집이 되어 꿈을 이야기하면, 다들 어렸을 적 자신감을 책상서랍 깊숙이 방치해 놓고는 일부러 안 챙겨 나온 것이 보인다. 불만은 여전히 많지만 더 이상 즐겁지 않고, 욕은 줄었지만 때는 훼손될 정도로 많이 탔다. 그리고 뱃살은 더 나왔지만, 힘은 없어졌다. 사고를 치거나 도덕적이지 않은 행동을 하진 않지만, 동시에 열정과 꿈도 노안이 되었다. 무엇보다도, 삶에 져 소심해지는 듯한 울상이 씁쓸한 미소 바로 뒤에서 비친다. 확고한 꿈 없이 마냥 부자가 되기만을 꿈꾸던 친구들은 부자 되는 것을 허황된 꿈으로 여기기 시작했고, 꿈이 구체적이던 친구들은 완전히 딴 짓을 하고 있었다. 모두가 "그땐 너무 어렸었고, 이젠 현실을 직시해야지…"라는 얻어맞은 염소소리를 내며 맴맴거린다. 어디든 자신을 받아주기라도 하면 고맙다는 생각에 면접을 질보다 양으로 채워가며, 못난이 김밥 같은 스펙으로 경쟁사회에서 비참하게나마 버텨 서 있으려 한다. 그리고 나는 이 모든 것이, 개싫다.

그러한 삶을 애초부터 부정하는 것이 아니라, 그러한 삶이 적합한 사람들이 있는가 하면 우리같이 아닌 사람도 있는 것이다. 내가 아는 그 혈기왕성하던 내 친구들의 길은 다른 곳에 있다. '현실의 직시'란 존재하지 않는다. 현실은 결국 개인적인 것이며 만들어가는 것이다. 아직도 무얼 하고 싶은지 모를 수는 있다. 하지만 아직까지 자신이 무엇에서 성취감을 느껴봤고 무엇에 관심이 있으며 무엇이 자신을 흥분시키는지, 혹은 무엇이 자신에게 중요한지를 모른다는 것은 정말 아무 생각 없이 산 사람인 것이다. 그리고 나는 그런 친구와 이토록 진해지도록 사귀어본 기억이 없다.

　　　어렸을 적 친구들과 몰려다니기를 좋아하던 사람이라면 누구나 이상적이게 꿈꾼 미래가 있을 것이다. 미래에 모두가 다 같이 함께 잘되는 그런 미래. 그것은 철들지 않은 소년의 터무니 없는 생각일 리 없다. 단지 사람들이 충분히 노력하지 않고 '현실직시'라는 말을 늘어놓으며 일찌감치 서로를 포기한 것이다. 나는 그렇게 생각하며, 진심으로 아직도 우리 모두가 다 같이 꿈을 이루어 잘되어 단합할 수 있으리라 믿는다. 어리고 젊은 날에 우리가 노는 것에 퍼붓던 열정을 다른 무언가로 방향만 바꾼다면 뭐라도 될 녀석들임을 나는 확신한다. 모두가 같은 높이에서 같은 경치를 누빌 수는 없겠지만, 적어도 우리 모두 언제든지 술잔이 서로 닿을 수 있는 자리에 있고 싶다. 그리고 그 각자 서 있는 자리가, 살면서 끌려간 자리가 아니라 직접 선택한 자리이길 한평생 노력하고 쟁취하길 진심으로 바란다. 현실보다 높이 걸어놓은 불법 같은 꿈을 잃지 않길 바란다. 가슴속에 불가능한 꿈이 없다면 가능할 꿈도 불가능해질 것이다.

　　　나는 아직도, 가슴속에서, 우리만의 잘난 마을을 계획한다. 그리고 너희들도 그랬으면 좋겠다. V.

ECSTAQUILA

THE FEELING OF
ECSTASY + TEQUILA

WHEN
꿈=진실

Blue Period

더러워진 목록

이제는,

자동차가 막히는 지점과 풀리는 지점이 뚜렷하게 나눠져 있는 것이 아니라 중간에 서서히 막혀가며 서서히 풀려가는 지점이 있다는 것을 안다. 비가 한 발자국 뒤에선 내리고 한 발자국 앞에선 내리지 않는 것이 아니라 서서히 그쳐가는 시간이 비를 흘리는 구름이 조금씩 멀어지는 것이라는 것도 안다. 달이 나를 쫓아오는 것이 아니고 내가 달밑에서 맴돌고 있다는 것도 안다. 믿거나 말거나 박물관에 있는 것을 의심할 여지없이 안 믿고, 거짓말의 종류엔 하얀색과 검정색 말고도 너무나도 많은 종류가 있다는 것도 안다. 악이 없다면 딱히 선이라고 할 선이 없다는 것도 알고, 거짓이 없다면 굳이 진실이라 할 진실이 없다는 것도 안다. 자연은 경이로울지라도, 현실은 사진만큼 아름답지 않다는 것도 알고, 아프리카에도 빌딩들이 우뚝 서 있단 것도 안다. 사랑하면 아름다운 만큼의 끔찍함이 있다는 것도 알고, 결혼은 살면서 꼭 거쳐야 할 절차가 아니라는 것도 안다. 스위스의 공기는 그 어느 곳보다 상쾌했었단 것도 안다. 생일파티를 할 때면, 파티가 끝날 무렵 밀려올 허탈함이나 아쉬움 따위가 당시의 즐거움을 훼손한다. 크리스마스이브엔 기억도 없이 술에 취해 뻗으며, 세상은 절대 마냥 밝지 않다는 것도 안다. 천국과 지옥의 영원함에 대한 두려움보단 죽으면 뭘까라는 허무함이 앞선다. 미국 대통령보다 돈이 더 많은 부자들이 많다는 것도 안다. 아는 것이 많아질수록 모르는 것도 많아진다는 사실을 알지만, 예전만큼 궁금하지도 않고 위안될 것도 없다.

이젠 좀 더 안다.
더럽다.

겨울이 도착한다

동면의 건축 뒤에서부터
다가오는 태양의 지휘가 보이고
떠나가는 월광의 뒷모습이
어제의 마지막 소절을 흥얼거린다.

오늘의 첫 방울이 이마 위로 떨어진다.
깨어나지도 잠들지도 않은 마취된 시간.

그토록 오래, 나를
감시하던 기억이 모습을 드러낸다.
지난날의 앵콜
갈채도 받지 않고 다시 사라진다.

기억이 나를 다시 기억하는 계절,
참을 수 없는 겨울이 새벽에 도착한다.

Bluebird Syndrome

파랑새 증후군

속해 있는 처지에 만족하지 못하고 허황된 꿈만을 추구하는 병적인 증세. 현실적인 노력 없이 '미래는 더 낫겠지'라고 착각하며 헛된 꿈만을 기대하는 안쓰러운 증후군.

Diet Coke

어른들의 눈엔 내가 아직도 올챙이에 불과해 보일 거 안다.

하지만 나보다 나이 많은 누군가는 아직도 진정한 사랑을 모르며,

나보다 나이가 적은 누군가는 이미 고심 끝에 자살까지 택했다.

나는 언제나,

세상에겐 어리지만,

나에겐 늙었다.

이십 대에 들어온 이후부터 어려웠다.

자아가 너무 응고되어버려 더 이상 자연스럽지 않았다.

편안한 것들이 세운 울타리는 점점 안쪽으로 두꺼워져

나머지 세상으로 외출하는 것이 툭하면 어색했다.

살이 찔 만큼 다 먹고 술잔에 웃음까지 따르는 좋은 형편이었지만,

인생은 그저

그런 것들에 의해 좌우되는 것이 아니었다.

물욕은 세상을 다 갖고 나면 화성을 탐내는 법.

나보다 못 갖은 사람과 비교하자면

당장 내가 두 번째로 자주 신는 신발부터 기부해야 하는 나름 풍족한 편이었지만

삶의 발판에 깔려 있는 카페트 자체가

허무하고 외롭고 우울해 보여 힘들었다.

더 갖고 더 궁핍하고의 문제가 아니라

모든 순간적으로 영원할 것 같은 확고한 느낌들이 비교적 짧은 시간과 함께 결국 모두

별거 아닌 것이 되는 것이 속상했다.

그리고 대부분의 사람들이 자기만의 이상이 없고
사회가 눈치 주는대로 살아가며 그것이 삶의 정석이라 여기는 것이
속상했다.
지금보다 어렸을 적엔 화났었지만,
이제는 그런 대부분의 사람들이 속상하다.
정말 중요한 것들을 놓치고 사는 듯해 보이고
대화를 하면 언제나 자기도 그렇게 자유롭고 개인적이게 생각해야 한다는 건 알지만,
그래서 예술가가 멋있다지만,
그래서 자유로운 사람이 부럽다지만,
정작 자신은 그럴 수 없다는 사람들의 말이 그저 납득이 안 가고 속상했다.
그래서 나는 지갑에 배를 채울 돈이 있는데도 불구하고
주위 세상을 보며 투정을 하기 시작했고,
누군가는 그것을 배부른 투정이라 했다.

하지만 그 누군가는 사회와 경제를 바라보는 사람이지,
삶을 바라보는 사람이 아니다.

창문을 열어놓지 않으면 나는 정말로 혼자인 것 같고,
일기를 쓰지 않으면 나는 정말로 존재한 적이 없을 것 같았다.

나머지 세상에 나가고 싶지만
막상 팔 걷고 맞짱 뜰 칼로리는 없었으며
나를 이해하는 사람들이 끌렸지만
나와 비슷한 생각과 감정을 갖은 사람은 이상할 정도로 없었다.
나 자신조차 대학교는 정말 배우고 있어서 다니는 건지

타의에 의해서 다니는 건지 알쏭달쏭해 휘청거렸으며
난 분명히 결국엔 이상을 이룬 채로 부자가 되고 싶은데
단돈 만 원을 어떻게 벌어야 할지 도무지 모르겠었다.

하지만 아직까지도,
푼돈을 벌기 위해
더욱 진정한 삶의 가치를 포기하고 싶지 않다.
어차피 찾아올 죽음을 보장 없이 보류하기 위해
젊은 날들을 차렷한 자세로 살 생각은 없었다.
내가 건강하고 싶은 이유는 단지
진정으로 낭만스러운 것들을 스트레스 없이 하기 위해서였다.
비 오는 날 우산 없이 먼지 나게 키스를 해도 감기와 탈모를 피한다거나
무인도에 갇혀 행복할 때까지 산책할 관절을 갖거나.

몇몇 또래 여자들은 영혼을 팔아
잘 벌면서 반반하게 차려입는 남자들에게 꼬리를 살랑거리기 시작했고
몇몇 또래 남자들은 영혼을 잃어
현실을 직시해야 한다며 꿈을 포기하고 있었다.
난 그런 남자가 되고 싶지도 않고 그런 여자를 존중하고 싶지도 않았지만
한편으론 막상 당당하게 건넬 자서전도 없었다.

내가 어디에 있으며, 어디로 가고 있는지 알 수 없었다.

후엔 괜찮을 거라고 믿고 싶다.

내가 밟고 있는 인생의 카페트는 내가 아직 덜 살았기 때문에 허무한 거지

후엔

포근할 거라고 믿고 싶다.

내 꿈은, 내 이상은, 내 아직 의지 없는 열정은, 내 아직 몽상 같은 야망은,

내 계획의 끝까지 이루어질 거라고 믿고 싶다.

대학교를 졸업하고 말고는 내 가까운 미래의 자신감에 달려 있다 믿고 싶다.

백만장자의 돈 없이도 행복할 법을 진심으로 뉘우칠 거라고 믿고 싶다.

사랑은 결국 이루어질 거라고 믿고 싶다.

지금의 친구는 노인이 돼서도 함께할 거라고 믿고 싶다.

가족은 나를 보며 뿌듯할 거라고 믿고 싶다.

내 비관적인 관점이 언젠가 긍정적이어질 거라고 믿고 싶다.

내 소신대로 끝까지 밀고 나가면 결국 성공하거나 행복할 거라고 믿고 싶다.

더 이상적인 세상을 위해 내가 기여할 수 있을 거라고 믿고 싶다.

변화할 거라고 믿고 싶다.

나도 물론이지만,

이 세상도.

유효기간이 지나면

미치도록 사랑했던 폭풍이 지나가고 세월이 꽤 흐르고 나면 그 행복했던 순간들을 되새겨주는 요소들을 보거나 듣는 것조차 거북할 때가 있다. 그 감정이 지나치게 화려했기에. 예를 들면 나는 런던에서 너무나 뜨거웠던 시절을 고스란히 담아 놓은 동영상들이나 사진들을 함부로 보지 못하겠다. 보는 것만으로도 중력이 무거워지는 것을 느낀다. 그 느낌이 꼭 부정적인 느낌은 아니지만, 나는 그 느낌을 감당하기 싫어한다. 느낌이 너무나 강렬했던 시절이 너무나 먼 과거가 되어버려 식은 피자같이 굳어 더 이상 먹지 못하겠고, 너무나 가까워 거의 공격적일 정도로 복잡하고 사랑스럽게 얽혀 있던 사람들이 지금 내 옆에 하나도 같은 관계로 남아 있지 않은 것을 느낀다. 나는 런던에서의 생활을 담은 동영상을 틀면 화면에 영상이 시작되는 순간부터 바로 마음이 답답해지면서 알 수 없는 속삭임을 받는다. 온갖 시끄러운 잡음이 나에게만 귓속말하는 듯하다. 좋지도 나쁘지도 않은 그 사이에 와리가리같이 굉장한 마음이 무겁게 휘청인다. 그리고 한때 나를 완전하게 지배하던 것들이 내 안에서 사막이 되거나 멀리서 야경으로 보이는 도시나 별이 되어 나의 감성을 쳐다볼 때면, 먼발치에서 나는 담배를 피며 가슴을 움켜잡는다.
과연 잘못되어 이렇게 지나가버린 것인지,
아니면 삶이 그냥 그렇게 지나가는 것들인지.

모든 것이 결국 지나간다는 사실에 위안을 받을때도 있지만, 그 사실이 마냥 허무하고 무료하게 느껴질 때가 더 많다. 살면서 가장 중요한 것들은 사랑에 빠져버린 것들일 텐데,
그것들의 뒤꿈치에 투명하게 적혀 있을 유효기간이 나는 슬프다.

가을의 부둣가

부둣가에 앉아 바다 수평선과 함께 가며
아무런 생각 없이 당신을 생각한다.
당신이 문을 두드릴 것 같은 때
가을이 시월에서 사라진다.

바람의 바퀴를 타고
기억에 숨겨 놨던 그 손길을 찾아 돌아다녔지만
나는 당신을 만나지 못했다.
파도 치는 무료함이 망쳐 놓은
내 마음에 파란 방들.
나는 아무에게도 들키지 않게 당신에게 소리 질러봤다.

아무래도 바다 위 가을 연주는
당신의 결석과 더욱 어울렸나 보다.
나는
아무런 생각 없이 당신을 생각한다.

외로운 밤

벙어리가 되었는가
정적 말고 전부 입을 닫았다.

정수리가 천장에 닿고
등 돌리는 도둑고양이처럼, 알던 것들이
아는 체하지 않는다.

빈자리 위로 유령들이 먼지같이 쌓여
여백이 몸에 붐빈다.

닿지 않는 것들만 쓰다듬다
혹시 몰라 조명도 꺼본다.

아쉬운 우리

너에게로 다가가는 길도
너에게서부터 도망가는 길도, 나는 자꾸만
욕심 내어 달리다
내 발에 걸려 넘어지곤 한다.

Fake Love

가슴속 모서리에 상영 중인 완벽한 영화
아무리 기다려도 개봉하지 않는 영화

이루어지면 실망
그렇지 않으면 절망

들어가면 실수하는 여름
나오면 갈 곳 없는 겨울

취하면 그리운
맨 정신엔 좆같은

어느 날의 초상화I

우연히 상쾌하게 일어난 어느 아침,
가슴속에 쌓인 모든 밀린 서류를 정리할 수 있을 것 같아
무작정 침대에서 일어나 팔굽혀펴기부터 하는 날도 있지만
그것은 월요일 따위에나 잠시.

대부분의 아침은, 잠에선 깨고 침대에선 일어나기도 전
나는 이미 하루를 감당할 의지나 여력이 없다.
아무것도 가슴속에 불타오르는 것이 없어 두리번,
계속 밝아져 오는 아침 햇살이 야속하고 외롭다.
무언가나 누군가를 사랑하던 마음도
그 진심이 소멸해가고 말뿐인 관계만 남은 듯하다.
꿈, 그것은 지나치게 책임감 없이 꾸었다.
싫다. 하루의 난간에 걸터앉아 해가 지고 싸구려 쾌락으로
결국 지쳐 잠들 것만 기다리는 듯하다.
어떻게 살아가야 하는 것인지 모르겠다.
주위엔 냄새가 지독한 부스러기뿐,
내 안엔 중독뿐.
욕을 먹어도 충고를 들어도 정곡을 찌르는 문구를 읽어도
가슴에 도달하기 전에 길을 잃어
아무런 반응이 없다. 내 마음이.

어떻게 이 지경이 됐는지,
고무줄로 행복과의 거리를 재다가 그만
손이 따갑다.

고무줄이 끊긴 것이다.

젊은이와 바다

사면이 파면이고
태양이 무작위로 진다면
마지막 기억이 허덕이고
첫 번째 희망이 두절이라면
수평선 넘어에서 분명 휘파람은 흐르는 듯한데
바람이 자꾸만 고개를 돌려놓는다면
구원을 외치다 자꾸만 나태하게 갈매기에 넋을 잃고
다 떨어진 술병에 자꾸만 소금물이라도 구걸한다면

SOS

우리가 원하는 것은 개인적으로 공감할 수 있는 희망적 실화다. 젊음의 끝자락이 느껴질 것만 같은 나이와 함께 초라해져 가는 듯 한 자신의 삶. 비교대상은 언제나 자신보다 사회적으로 잘된 또래이기에 우리는 어렸을 적보다 쉽게 불안해하고 수그러들며 자신감과 자존심이 낙엽 떨어지듯 줄어간다. 멘토 같은 성인의 형상을 한 누군가를 만나, 그가 자신도 나와 같은 구렁텅이에서 자책과 실망을 하며 필요 이상의 허송세월을 보낸 적이 있었다고 듣고 싶다. 그 성인이 결국 잘됐다는 것이 나에게도 너무나 희망적인 이야기처럼 들릴 와닿는 실화가 필요하다.

"삶이 다 그렇지 뭐, 원래 나이 들면서 다 그런 거야. 나중엔 그런 거 신경도 안 써. 인생이 그런 거야. 현실을 직시하렴."

따위의 개소리 말고,

"나도 너 때는 너와 같이 한심했어. 거울 보는 것이 슬플 정도로 한심했어. 정신 못 차리고 불안함을 휘파람 불며 하루를 나태하게 낭비했지. 내 원초적 꿈과 상상을 이루기엔 너무 뒤쳐져버려 더 이상 가능성이나 열정을 찾기엔 현실적으로 너무 늦어버렸다고까지 생각했었지. 하지만 지금 나 봐. 잘됐잖아. 꿈을 이루고 또 꿈을 꾸고 있잖아. 쉽진 않았지만 그 청춘의 구렁텅이에서 나왔어. 이보게 꼬마야, 명심해두게. 아직도 가능하다네. 너가 아무리 나태하고 한심한 상태인들, 꿈을 포기하지 않고 믿는다면

너의 계절은 따로 있다네."

With or without you

20분 후.

손끝에서 무중력이 느껴지기 시작하며 나는 육체 없이 오로지 감정과 느낌만으로 존재하는 새털 같은 고체답지 못한 고체가 되어 간다. 나는 제자리에 서 있기도 하며 바람 부는 방향 따라 날리기도 한다. 흥분되는 감정과 그 어떠한 것도 사랑할 준비가 되어 가는 순간 나는 전에도 이런 적이 있던 기억을 떠올린다. 이러한 감정을 느낄 때마다 같은 사람들과 같은 상황에 속해 있진 않았으나, 절대적으로 내 옆에 붙어 다니던 사람이 한 명 있긴 했다. 내가 사포, 그녀는 성냥이었다. 우린 만나면 불이 되었다. 과거의 이런 감정이 또 존재했었음을 떠올릴 때 내가 가장 먼저 기억한 것은 그녀의 얼굴도 목소리도 아니었다. 내가 이 기분일 때 잡고 있던 그녀 손의 촉각이었다. 언제나 땀나고 있는 그녀 손의 촉촉함은 애기 같았으며 그 손을 잡고 있으면 마치 크기나 손금의 경로나 주름의 깊이 하나하나 완벽하게 서로 합체되는 것 같았다. 나는 그 손을 절대 놓치 않았다. 몸은 두 개지만 사람은 하나였다. 머리를 두 개 갖고 태어난 샴쌍둥이같이 특별했다. 순간 그 촉촉한 손길이 너무나 그리워 견딜 수가 없었다. 나의 그리움은 합체한 손의 촉각을 뿌리로 하여, 엄청난 나무로 굉장한 속도로 자라 나아갔다. 한 줄기엔 그녀의 미소가 피고, 다른 한 줄기엔 그녀 입술만이. 한 줄기엔 그녀의 웃음소리가, 다른 한 줄기엔 그녀의 신음만이. 한 줄기엔 그 어느 여자하고도 나눌 수 없던 깊은 대화만이, 다른 한 줄기엔 전 세계에서 우리 둘한테만 웃기던 하찮은 유머들이. 나는 나의 의도와 상관없이 그리움의 나무에 엄청난 정성을 쏟아 세상에서 가장 우렁찬 나무를 아주 빠르게 만들고 있었다. 나무는 순식간에 나보다 커져, 가지는 셀 수 없게 되었다. 내가 심은 그리움이 나를 그림자로 덮어버린 것이다. 나는 이제 어찌 해야 하는가… 나무를 갖고 어떻게 살아야 하는지, 반면, 이 나무 없이는 어떻게 살아야 하는지 도무지 알 수가 없었다. 누군가의 도움이 필요했으나 그 누가 이것을 도와줄 수 있겠는가. 나는 지난날들에 대한 그리움과 죄책감에 쓸려 내려가고 있었다. 이별을 포장하던 나의 행동들과 말들은 옳지 못했다. 하지만 그럼에도 불구하고, 나는 더 이상 그녀의 모든 것을 다시 감당할 만큼 젊지 않다.

어느 날의 초상화 II

오늘, 어제, 그제, 그리고 지난 두 달 동안 지속되던
햇빛 쨍쨍한 날씨 아래 홀로 비에 젖어
축축한 발걸음으로 방안을 슬프게 돌던 나는,
매일 아침 침대 위에 몽롱한 음악을 덮은 채
이미 시작한 하루의 시작을 보류한다.
세속 밖으로 항해하는 배에서 지도를 찢고 나침반을 밟아가며
남은 인생이 기대되지 않아
가슴을 떨기도 한다.

별똥별이 자고 있는 내 위로 떨어지기라도,
아니면 아름다운 사람에게 납치당해
나머지에게서 실종되기라도.
부탁이니 제발,
내가 알고 있는 오늘들이 파괴되기를.

나를 비롯한 모든 것이 내 마음가짐에 의해 그 색깔을 바꾼다지만
내 마음이 이미 너무나 조잡한 흑백이라
심장박동 소리조차
그 음질이 깨져,
내가 잘 살아갈 수 있는지 같은 기본적인 질문에
말을 돌리기도 한다.

내가 연락이 바로 안 돼도 너무 걱정하거나 화내지 않았으면

좋겠다.
무슨 일이 있는 것이 아니라, 단지 답장하기엔
하는 거 없이 마음이 너무 바빠, 혹은 아파
씹는 것이니.

꼴이 말이 아니다

새벽이 도착하면
그대의 거짓말을 거짓말이라며
모두 진실로 탈바꿈한다.
뻔한 거짓말은 내가 그토록
듣고 싶던 선율.
티끌 하나 안 남기고 도둑질하는
그대의 야속함을 눈 뜨고 용서하며

어쩌면 한 번 더 도착하겠지.
기다림의 문을 살짝 열어 놓고 낮잠이 든다.
실망으로 끝난 오늘이
희망이 내일로 보류됐음을 귀띔하고
거짓말이라도 구걸하는 나는
당신을 향한 괘씸함 속에서도
당신을 보호하기 위해 감히
나머지를 망각한다.

꼴이 말이 아니다.

영혼의 발바닥에선 찾을 수 있겠지.
내가 적어도 그대의 한 칸은 차지하고 있겠지.
그대는 사라진 시간 속에서
나를 그리워하고 있으리.

이미 열려 있는 문이 혹시 망가졌나
먼저 나가본다.

바로잡고 싶은 제목이 너무 많다.
그대는 어디 있는가.
거짓말은 그대의 중독 아니었는가.
왜 그 역겨운 산소조차 끊겼는가.
나 혼자만의 중독이었는가.

꼴이 말이 아니다.

사랑까지 속삭인 것이 최대의 실수요
내일 아무 시간에나 약속을 잡았으면 한다.

꼴이 말이 아니다.

당신의 후회

나는 언제나 당신을 기다리고 있었다.
당신이 외로움의 커튼을 젖힐 호기심만 있었다면
그 바로 뒤에서 초조하게
당신의 눈빛과 마주침을 기다리고 있던
나를 목격했을 것이다.
당신은 커튼 뒤에서
길을 잃었는지
등을 돌렸는지
무릎을 꿇었는지
아니면 사랑에 빠졌는지,
커튼은 요동치지 않았다.
나는 언제나 당신을 기다리고 있었다.

내가 먼저 다가갈 수 없었던 것은,
커튼 뒤에서밖에 춤추지 못했던 것은,
당신이 나를 이곳에 고정시키고
도망 가던 뒷모습이
너무나 진실해 보였기 때문이다.
나를, 돌아오는 길이 없는 곳으로 유인하던 당신은
나와 손이 닿았을 때보다
완전해 보였다.
나를, 밀치며 울던 당신은
나와 눈을 마주치며 웃을 때보다

평온해 보였다.

당신이 홀로 외로워 괴로워
후회하기만을 기다리는 것이
내가 할 수 있는 최선의 설득이였으리.

나는,
당신이 집을 나설 때도, 집에 돌아갈 때도,
내가 아닌 것을 사랑할 때도, 나인 것을 외면할 때도,
줄지 않는 줄 위에서
언제나 당신의 후회를 기대하고 있었다.

외롭다는 것은

햇빛과 희망이 간신히 찰랑이고 나뭇잎이 속닥이는 소리에 자기도 모르게 누웠다가,
낮잠 들어선 안 된다고 생각하다 잠이 들어버리는 곳. 낮잠에서 깨고 나면 모든
사물은 제자리에서 조금 더 어두워진 표정이고, 내 마음은 잠들기 전보다 몇 걸음
뒷걸음질하여 있다. 담배를 하나 물고 너무나 필요한 누군가를 그려본다. 하지만 그런
사람은 여기에도, 멀리에도, 없다. 삶의 로맨스가 부족한 것이 아니라, 굳어가는 영혼을
데워줄 사람이 필요하다. 같이 비를 맞은 것을 추억으로 여길 줄 알고, 음악 씨디 하나를
앞에 두고 두 시간 정도 세상의 비상구 계단에서 쪼그리고 앉아 대화할 수 있는 사람이
필요하다. 무엇보다도 내가 앉아 있던 의자에 앉아도 번거롭지 않고 어울릴 사람이
필요하다.
누군가 진심의 눈빛으로 들어오기를,
나의 숲에,
나의 지하에,
그리고
나의 정신병에.

외롭다는 것은,
아직 만나보지 않은 사람이 그리운 것

Escape Artist

나도 모른다,
내가 어디로 가는지

나를 응시하고 있는 곳들을 바라보고,
발이 냄새 맡는 대로 밟은 것뿐이다
그림자도 취해 길을 잃는 곳에
유난히 향이 튀었을 뿐

젊음이 그치지 못한 소나기 되어,
어리석고 낭만적인 실수에 중독되어,
노후엔 미래가 곧 추억의 양일 듯하여,
어쩌면 내일과 진심으로 헤어졌다는 듯

밤에 화창하게 커튼을 젖히듯이
아침에 거울에게 모든 것을 자백하듯이
낮에 투명한 방에 수감되듯이
하루의 탈출을 계획하며 산다

나도 모른다,
내가 무얼 하는지

오뎅바

김이 모락모락 난다.
종업원은 두 걸음마다 운명을 만나지만
이곳에 모인 사람들은 운명을 놓친 사람들.
급소를 위협하는 넥타이에 목숨을 걸고
정작 사랑에 지각하는 그.
불륜의 죄책감을 식탁 위에 풀어 놓치만
그 어느 때보다도 성취감을 들이키는 그.
오늘밤을 똑같이 반복하는 것 외에 할 것도 없지만
아직도 동화 속 주인공 이야기를 듣고 위로 받는 그.
밤마다 이렇다 저렇다 할 것 없이 웃지만,
아침마다 아무도 모르게 외로움으로 샤워하는 그.
그리고
모든 것을 풍자하지만
투명한
자괴감의 그.

여기는 오뎅바다.

잡생각 III

다짐은무너지라고있는도미노마냥줄을잇고외로움은가끔씩나의가슴을웃으면서난도질하며조롱하고낭만은언제나나를떠나갈준비가된듯자세를취하나사실그리쉽게떠나진않는다.생각의바다는그누구를위해서도파도를재우지않는다.로망의콘서트는한번도끝난적이없지만,조금만냉정해지자면아직시작한적도없다.스물네살이라는숫자는-문신같다기보단살갗에새겨진칼자국같다.아무리DietCoke을찾아도LightCoke밖에없고나는휘청거리기도여러번이었지만아직까지나를믿어주는사람들이있는것을봐선마감하기엔이른가보다.십년전에못다한숙제가이제와서내인생에피해를주기시작하는기분이다.기술의발전이세상의발전인가아니면단순히세상의변화인가발전이란보다나아진다는것인데,계속해서최첨단이되어가는세상은과거의인간적인요소를너무나많이소멸시켰다.그래,훼손말고소멸말이다.책상위에컴퓨터를켜고앉아그자리에서미래를위한준비,사람들과소통,설레이는사람과의사랑까지모두이루어지는것은내가보기엔그다지"보다나은"발전같지만은않다.버스비달랑챙기고집을나서그녀집앞에서언제가될지모르는만남의시간까지,곡선택에제한이있는씨디플레이어하나로앨범전체를수십번들어가며첫사랑의희망을기다리던그인간적인감정을사람들이잃어가는것이정말세상이발전하는것인지모르겠다.미치도록행복하지않았던밤엔죽도록슬프기라도했어야지,나머지밤들이그리뚜렷이기억나질않는다.자기자신을찾는것만큼이나멘토를찾는것은중요한듯하다.나에게멘토는미래의나였지그어떤남도아니었다.그리고그것이문제였다.이러한생각은나를어느정도자립시켜놓긴했으나,나의존재를사회에서조금은너무멀리분리시켜놓기도하였다.나는고독을어느정도즐기기에아직은괜찮으나,세상안에숨쉬고실존하는무언가에손을뻗어내가먼저다가가고싶다는생각도가끔한다.요즘엔필통이뚱뚱하나내가막상짚는비계는한정되어있다.너를물론좋아하는마음이더크나,너를싫어하는순간들이때로는약속이라도되어있었다는듯자연스레찾아오기도한다.하지만걱정은하지말라.나는너를너무나많이좋아하고있다.치즈에양식적인뭉클함이입안에아직남아있을때예의바른홍수같이입안에밀려오는와인은늘괜찮은착각에빠지게만들어준다.입안가득베인돼지고기의느끼함을소주로목욕할때도마찬가지다.착각이란그종류에따라좋을수도나쁠수도있다.정말웃긴것은사실나의글들의내용이어쩌면내가아니란것이다.이것들은글을쓰고있는와중에집중되어있는허망속맥락에맞는다음내용들일뿐이지,나는사실나의글만큼뚜렷하지않을가능성이크다.재미있지않은가.나를이용하여나를표현하는것인데,나라고하기엔지나치게자세한조각인것이다.나는삶을감상문쓰듯이살고있는듯하다.내가무언가를필연적으로만들어가기보단,운명적으로모든것이일어나도록내버려두고,그경험후의감상들은너와의대화나거울과의눈싸움,노트와의상담에서최대한다털어놓으려고하는것이다.그리고이것은내가원하는인생이아니다.나는감상문을쓰기위해태어나지않았다.당신들의감상문을수집하기위해태어났다고말하는것이더욱어울릴법하다.그리고그것을가지고새로운것을창조하고그창작물로당신을살인하고도아주태연하게아무런죄책감없는표정으로뒤돌아서는것.사랑하지만미안해하지않는것,그것이나여야한다.

시작도끝도주제도없다.
선풍기앞에서터져버린베개의깃털처럼날리다가재채기할뿐이다.

고독

모든 것이 숨통이 끊어져 있다
빛바랜 사랑만이 주변을 맴돌고
거리의 발자국은 온통 나의 것뿐이다

절단하기 위해 든 가위는 대상이 없고
만나기 위해 신은 신발은 길이 없다

영혼의 약점을 남용하는 것에 중독되어, 매일 밤
그림자를 과다복용 하고 돌아와
없어진 표정이 거울 안에서 중얼거린다

언제나 곁에 있던 아름다움이 차라리
족쇄같이 느껴지는 이맘때

고독은 문을 부수듯 찾아와
낮잠같이 편안해지려 한다

모든 것의 원인이 당신

감성적인 음악을 들으며 산책을 하다 문득
관련이 없는 거리로 돌아가다 문득
방금 전까지 무얼 읽었는지 기억이 안 나다 문득
담배를 연속으로 피다 문득
기분전환을 위해 방을 청소하다 문득
재미도 없는 클럽에서 땀을 흘리다 문득
쓸 말이 없는데도 타자기 앞에서 술을 마시다 문득
관심도 없는 여자에게 끼를 부리다 문득
별것도 아닌 걸로 택시기사에게 성질을 내다 문득
친구들의 잡담이 안 들리기 시작하다 문득
다른 년과 잠자리를 갖다 문득
아침에 눈뜬 것이 후회스럽다 문득
어디로라도 잠시 떠나고 싶어 인터넷을 뒤지다 문득

모든 것의 원인이 당신임을 느낀다.

어느 문장의 메아리

세진이가 예전에 어디선가 읽은 문장을 내게 읊으며
자기는 두 손 들고 동의할 수밖에 없다고 하였다.

"누군가를 좋아하면 상대방이 자신을 좋아했으면 한다.
하지만 누군가를 사랑하면, 상대방이 자신 때문에 아팠으면 한다."

분명히 강렬한 말이었지만,
나는 그 자리에서 그 말에 동의하지 않았다.
막연하게 사랑은 결국 이루어지는 듯 아름다워야 한다는 순진한 사명감에 그런
비관을 향하는 듯한 문구에 선뜻 동의할 수 없었다.

그리고 몇 년이 흘러

몇 번의 로맨스와 몇 개의 상처를 심장에 문신하고,

그 두 문장은 내 안에서 나의 세포들을 하나둘씩 설득하여 나를 지배하게 되었다. 맞는 말이었다. 적어도 나에겐.

자신이 받기보단 더 많이 주었던 사랑의 어느 시점에선가는 불행이나 슬픔을 만나기 마련이다.

그것이 처음부터의 짝사랑이건 중간에서의 갈등이건 끝에 이별이건, 시나리오에 없던 비극은 어느 시점에선가 장마와 같이 너무하지만 당연하게 왔다 간다.

그리고 그 장마가 끝나고 나면, 남는 것은

화창한 날씨보다 진한 담배연기 속의 아련함이다.

그 몽롱한 글씨로 적어 내려가는 후유증.

나의 상처는 당신의 상처를 목격하기 전까지 완쾌되지 못하리.

먼 훗날,

아쉬운 우리 관계의 주연이였던 당신이 살아온 길을 되돌아보다

내가 잠시나마 당신의 기억 속에서 고개 내민다면

나는 당신의 허탈한 미소에서 냄새 나기보다,

당신의 후회스런 한숨 소리에서 진동하고 싶었다.

그때서야,

내 마음이 완전하게 해방될 것 같았다.

입김 같은 이야기

그는 아무도 없는 편의점에 들어서 알록달록한 진열대를 살피지도 않고 바로 계산대로
간다. 자신의 일부를 회수하듯 당당하고 당연하게.

이제 막 성인이 된 젊은 여자 알바,
알바생의 눈빛이나 생김새를 관찰할 마음의 여유도 없이 목적부터 말한다.
"말보로 라이트 한 갑이요."
"신분증 좀 보여주시겠어요?"
"네?"
"신분증 좀 보여주세요."

그는 얼마 전에 술에 취해 지갑을 분실하여,
신분증을 소지하고 있지 않았다.

"신분증 안 가지고 왔는데요."
"죄송한데 그러시면 담배를 판매할 수 없습니다."

그는 그 너무나 당연하고 간단한 절차를 복잡하고 불쾌하게 훼손시키는 알바생의
말에 필요 이상으로 짜증이 나기 시작한다. 어이없다는 웃음소리를 내며,
"하하, 제가 성인이 된지가 언젠데요. 저 이제 스물여섯 살이에요."
"아 너무 어리게 생기셔서, 신분증 없이는 담배를 팔 수가 없어요."

그 순간 그는 평소와 달라진다.
마치 인생의 모서리들에 먼지같이 소리 없이 쌓여 있던 짜증과 좆같음들이 한곳으로

모두 집합하여 그 계산대의 거절에서 터져 나오는 듯한 분노를 느끼게 된다.
잘 풀리지 않았던 일, 지나치게 추워 움츠렸던 어깨, 외로웠던 밤들, 서러웠던 식사들, 생각대로 흘러가지 못한 인간관계, 기대에 미치지 못했던 파편들, 그를 떠나간 것들에 대한 미련, 수많은 자책의 순간들, 그리고 일상의 먹구름 카페트 같은 우울함, 모두 계산대로 모여 그의 얼굴을 붉히는 듯한 현기증을 일으킨다. 그는 짜증이 순식간에 분노가 되어 욱하는 더러움을 참지 못하고 토해버린다.

"아니 스물여섯 살이라고요! 내가 지금 이 나이 돼서 신분증 없다고 편의점에서 담배를 뺀찌 먹어야겠어요? 당신 제가 하루에 담배를 얼마나 피는 줄 아세요?? 하루에 두 갑은 펴요! 술을 얼마나 자주 마시는 줄 아세요??? 지금 장난하는 것도 아니고, 내가 어딜 봐서 지금 미성년자야! 뭐, 열아홉 살 때부터 걸어온 길이라도 말해드릴까요? 네? 짜증나게 굴지 말고 담배 주세요. 네?"

편의점은 고요해진다.
알바생은 겁을 먹는다.
자기에게 다짜고짜 소리치는 손님 때문에 기분이 나쁘기도 하다.
하지만,
이 병이 있어 보일 정도로 갑자기 욱하는 손님이 화내며 뱉은 말들에서 슬픔을 감지한다. 그는 나쁜 사람이 아니라, 힘들어하는 사람이란 것을. 그는 거짓말하는 사람이 아니라, 솔직한 사람이란 것을. "걸어온 길이라도 말해드려요?"에서 호기심이 딱 한 번 깜빡임을 느낀다.
알바생은 손님의 눈을 바라보고 싶어 하지만 무서워한다. 뒤돌아 말보로 라이트를 꺼내 계산대 위에 조심스레 올려놓으며 겁에 질렸지만 용기 있는 목소리로 조용히 말한다.

"담배 너무 많이 피지 마세요…"

아직도 눈을 부릅뜨고 씩씩거리고 있던 그는 알바생의 예상 밖의 말에 당황한다.
악마가 뿔이 두 개라면 뿔이 세 개라도 달려 있는 듯 서 있던 그는 또 한 번 순식간에
장르가 바뀐다. 다리에 힘이 풀리는 듯한 어지러운 죄책감과, 따뜻한 미안함이 밀려온다.
그는 얼굴을 슬피 찡그리며,

"후… 죄송해요. 제가 순간 너무 흥분했네요. 원래 이런 사람이 아닌데… 여기 이천칠백
원이요. 죄송해요."

그는 정확히 이천칠백 원을 계산대 위에 올려놓고 민망해하며 담배를 스윽 가져간다.
너무 창피하여 눈을 마주치지 못하고 계산대에서 등 돌려 출구를 향한다. 하지만
편의점 문을 열고 나가며 어쩔 수 없는 본능에 한 번 뒤돌아 본다. 그리고 그곳에서 아직
만지지 않은 계산대 위의 돈과, 처음 보는 듯한 알바생의 눈을 발견한다. 그리고 그 짧은
눈마주침에서 그는 또 한 번 당황한다.
알바생이 그를, 상황에 너무나 안 맞게도,
선한 눈으로 바라보고 있었기 때문이다.

그는 문을 나선다. 거대한 수치심과 미세한 호기심과 함께.

편의점 앞, 그는 안에서 안 보이는 옆으로 몇 발자국 비켜와,
추위보단 너무나 순식간에 왔다 간 흥분에 의해 떨리는 손으로 담배에 불을 붙이고 첫
모금을 크게 내뿜는다.
"아.. 씨발… 왜 이러지."
마음에 곰팡이가 펴고, 자책의 악순환이 그 페달을 돌리기 시작할 때 즈음,

옆에서 편의점 문이 열린다.
하지만 안에서부터!

알바생이다.

아니, 그 이상한 사람이다.

아니, 그 착한 사람이다.

아니,

그 여자다.

그녀는 그의 위치를 알고 있었다는 듯 너무나 당연하게 그를 향해 걸어오더니, 겁과
동정심과 호기심에 홀린 표정으로, 그리고 용기로 가득한 수줍은 말투로
아주 조심이 한 문장을 선물한다.

"꼭 또 오세요."

푸념

모든 게 지나치게 포화되어
탈의를 하고도 넥타이를 졸라 맨 듯한 마음이 답답해
한 발자국 물러나
오로지 관람만을 시작했다.
세상의 일원이라기보단 관람객,
나는 앉은 자리에서 일어나지 않았다.
이토록 오래 앉아 있었는데도 세상은 나 없이 잘 돌아갔고
무엇보다도, 빠르게 변해갔다.
변화들을 관람하고 이해는 했지만, 거기까지.
나는 변화를 공감하고 있지 못했다.
나는 변화와 함께 흘러가고 있지 않았으며
모든 이해는 두드려보지도 않고는 익은 걸 알았다는 듯
자만하는 식이었다.

좁은 방안에 문을 걸어놓고 혼자서 생각하는 시간 동안
남들은 대학교를 졸업하고
군대를 갔다 오고
첫 월급을 타고
미칠 것 같은 사랑에 잠겨 익사까지 할 뻔했다.
그리고 그 물에서 겨우 나와 회복까지 했다.
내가 방안에서 생각하는 동안 말이다.

이대로 떨어지다 보면 언젠가는 땅을 치고 멈추겠거니 했건만,

나라는 낙엽은 나무에서부터가 아니라
우주에서부터 떨어지고 있었나 보다.
땅에 닿기까지 기다렸다간 세상은 내일모레 22세기.

나의 계획은 이렇다, 정신 차릴 거다, 억제할 거다, 터뜨릴 거다,
희망찬 말과 진실된 다짐을 할 땐 언제나 눈을 부릅뜨고 했지만
미래는 언제나 미래,
아직도 현재가 되지 않았다.
내가 말하고 다니던 미래는 언제나 미래에서만 안개같이 희미하게 존재했고,
나의 현재는 참으로 일관성 있게 방탕하고 한심했다.
내 뒤로 정리하지 못한 과거는 쌓여가지만
그 장르와 이야기는 오로지 하나,

큰일을 하기 위해 발버둥치는 한 청년의 술판,
혹은 막판.

그리고 막판은 늘 끝이 없는 잡생각처럼 흐려지고
죽을 것만 같던 날들은 결국 죽지 않고 지나갔다.

나는 영어를 쓰는 나라에 있는 조그만 방 안에서 또 한 번
한글로 푸념을 뿌리고 있다.
이 푸념이라도 언젠간 싹이 터 책 한 가닥이라도 되었으면 하는 마음에.
그것도 아니면,
누군가 이 푸념 위로 자빠져 순수하고 솔직한 인간 감정을 되새겼으면 하는 마음에.

나는 사방으로 날리는 나의 시커먼 심정을
이곳에 모아 잔뜩 기름칠하여 진열해본다.

To: Think less, be happy

Went through orientation as an artist,
about to graduate as a snob.
Fuck future, it's never here anyway.
Fuck present, I'm gonna spill it anyway.
And fuck past 2,
it was never that beautiful in everyway.
Mind so full of shit,
I'm dumping from my brain. Press drain,
shit splashing all over my face.
Still got expensive taste,
just another copy and paste, from Hollywood.
One more last day of molly in the woods.
Helps me through thinkin,
I was born cool, ended up paranoid.
I'm so good at shooting human nature,
with my brand new customized AK-Overthinking.
Devil's pushing,
Angel's pulling,
But they probably lost 2.
Cause they been heading the same way all night long.
There ain't no four seasons on the way,
I've seen only poor reasons and dead pigeons.

Where the hell did 'it' go?

Or shall I ask,

When the fuck is 'it' coming?

From: Too much thinking, it kills.

자위하자마자

성욕의 하소연이 불쾌하다.
내 기억이 맞다면, 그것은 남자가 겪는 첫 번째 중독.

사정을 하는 순간 밀려오는 허무함에 대한
대책이 없으면서도
나는 참 자주도 그 그늘을 다시 찾는다.
폐허에서 마저 재생되고 있는 동영상의 신음,
당장이라도 끄지 않으면
세상이 비웃을 것 같다.

그 허무함이 휘몰아치고 급하게 마르는 정색.
그곳에선 잠시 사물을 제대로 볼 수 있으며
실속 있는 미래에 대한 시든 열정과 자책이 나를 생기 있게 노려본다.
그 신세계는 내가 그토록 있어야 했던 곳,
한 발자국 늦게 찾아온 탓에
그 꼴이 살짝 초라해져 있다.

하지만 나는 안다.
내가 진정 있어야 할 곳은,
사정하기 직전의 그 파티가 아니라
사정하자마자의 그 선명함임을.

경고

입 닥쳐 이혁.

너가 행동한 거보다 많이 말하지 마.

시작 단계면서 벌써 반은 온 것처럼 말하지 마.

반밖에 안 했으면서 거의 끝낸 것처럼 말하지 마.

입 닥치고 있어.

다 끝나면 말해.

BIG BANG

사고

　　너무 늦었다는 말은 때론 운명이라는 말이다. 나는 자전거를 타고 도로 우측으로 붙어서 4시 반에 있을 수업을 가는 길이었다. 나의 왼쪽으로 흰수염고래같이 거대한 버스가 등장했을 때는 이미 버스가 나와 너무 밀접해 부딪힐 수밖에 없음을 동시에 알았을 때이다. 나의 자전거 핸들은 고래를 인식함과 동시에 고래의 머리를 어루만졌고, 순간적으로 꺾인 나의 핸들은 내 몸을 공중으로 띄웠다. 본능적으로 '올 것이 왔구나'라고 생각하였다. 나는 도로 우측에 주차되어 있는 차들과 좌측에 버스 사이의 좁은 공간에서 뒹굴기 시작하였다. 내가 눈을 뜨고 있었는지 감고 있었는지는 정확히 기억나지 않지만, 육체가 단단함과 부딪히는 감각으로 세상을 정신 없이 느꼈다. 뒹굴러 나가떨어지면서 흰수염고래의 긴 몸체를 수 차례 박은 것이다. 무릎에 감각을 느꼈다가 등에 감각을 느꼈다가 머리에 감각을 느꼈다가 정강이에 감각을 느꼈다가 하는 식으로 온몸을 불규칙적이지만 전체적으로 나는 어딘가에 아주 강하게 부딪히고 있었다. 거센 파도의 끝자락에 몸을 던지면 물 속에서 알 수 없는 형태로 무중력하게 뒹굴며 밀려나가는 식으로 시멘트와 철 속을 뒹굴었다. 아프지 않았다. 그 와중엔 고통을 느낄 여유 따위가 없다. 몸의 움직임이 멈췄다. 나는 미국에 와 자전거를 타다가 자동차와 이미 몇 번의 접촉 사고를 겪고 한 번도 크게 안 다친지라, 그 잠시의 멈춤 동안 아주 짧게,

'이번엔 굉장하게 사고 났군, 하지만 정신이 아직 있는 것을 보니 크게 다치진…' 나의 생각이 끝나기도 전에 엄청난 것이 머리를 무겁게 타격하고는 나는 한 바퀴 더 굴렀다. 그 당시엔 그것이 버스 뒤에 오던 자동차가 나를 못 보고 치고 간 것인 줄 알았지만, 나중에 알고 보니 두 번째 자동차는 없었다. 버스가 워낙 길어서 버스의 뒷부분을 한 번 더 박은 것이었다. 다 구른 상태에서 나는 대자로 엎드린 자세로 도로 한복판에 뻗어 있었으며 나의 오른쪽으로 방금 나를 만신창이 만들어 놓고 속도를 줄이는 버스가 보였다. 나는 순간 머리를 왼쪽으로 돌리며 그 1초가 안 되는 시간 동안 머릿속으로가

아닌, 본능적으로 한 가지 두려움을 인식하였다.

'내가 지금 고개를 왼쪽으로 돌렸을 때 만약 나를 향해 달려오고 있는 자동차가 보인다면 이 자리에서 머리가 바퀴에 밟혀 터져 죽을 것이다. 하지만 이 사실을 안다고 해서 내가 할 수 있는 것은 아무것도 없다.'

정말이지 이 꽤나 긴 문장을 그 짧은 순간에 인식하며, 나는 0.1초나마 죽음의 가능성을 준비하였다. 두려웠지만 내가 자동차를 피할 수 없다는 것을 알고 있었기에 어떠한 대책을 준비하려고 반응하기보단, 삶의 마지막 장면이 도로 위에 누운 각도에서 올려다본 확대된 자동차 바퀴일 것임을 준비하였다. 지금 생각해보면 그 순간 죽음의 가능성을 너무나도 대담하게 참고하며 고개를 돌린 듯하다. 다행히도 나를 향한 자동차는 없었다.

　　　모든 것이 정지하였다. 살면서 가장 역동적이게 몸을 날린 후, 죽음을 면했으며 기절하지도 않았음을 의식하는 동시에 모든 것이 잠시 정지하였다. 육체, 시간, 소리, 냄새, 속력, 가족, 친구, 사랑, 자전거, 지식, 추억, 미래, 걱정, 희열 모두 정지하였고 고통은 아직 도착하지 않았다. 내가 가장 생생하게 기억하는 것은 모든 동작이 멈춘 후 도로 위에 누워 있는 나에게 순간적으로 찾아온 그 고요함과 날씨이다. 오후 3시 반경이었고, 해는 정점을 찍고 내려오며 그 햇살을 마음껏 뽐내고 있었다. 그 햇살이 나를 몽롱이 비추고 있던 것이 너무나도 생생히 기억난다. 마치 무대 위의 spotlight 같이 나를 비추고 있는 듯했다. 내가 태양을 봤을 때 그 눈부신 빛줄기의 날카로움과 따뜻한 온기가 잊혀지지 않는다. 그 말로 전부 표현될 수 없는 신비한 정적은 가장 가까이 있던 목격자로 인해 깨졌다.

"Oh My God!!! Are you okay??? I saw everything!!!"
(헐!!! 괜찮아요??? 저 다 봤어요!!!)

정적과 빛만이 있던 몽환상태에서 정신이 다시 사고로 돌아오고, 멀리서 달려오는 그 미국 아주머니를 보았다. 미인이었다. 머리가 다쳐서, 혹은 첫 번째로 나를 해치기 위해서가 아닌 구해주기 위해 등장한 사람이어서 미인이라고 느낀 것이 아니다. 실제로 나를 향해 섹시하게 달리셨고, 이런 상황에서 처참하게 쓰러져 있는 희생자를 적극적으로 도와주지 않을 것 같은 고상한 미모의 아주머니였다. 딱 달라붙는 흰 바지에 딱 달라붙는 초록색 긴팔을 입고 명품임을 티 내는 듯한 큰 선글라스를 머리에 꽂은 상태로 한손으로 선글라스가 안 떨어지게 잡고는 내 쪽을 향해 달려오고 있었다. 그분을 보자 정신이 좀 더 맑아지며 내가 너무 위험하게 도로 한복판에 노출되어 있음을 깨닫고 몸을 돌려 일어나기 위해 처음으로 몸에 힘을 주었다. 그때였다. 나의 육체 외에는 그 아무것도 존재하지 않는다고 설득시킬 수 있을 법한 무시무시한 고통이 도착한 것이다.

"아!!"

정말이지 태어나서 그런 고통은 처음이었다. 고통이라는 장르를 넘어서, 태어나서 그토록 강하게 살아 있는 것은 처음이었다. 허리부터 시작해서 살까지 정말이지 말로 표현할 수 없는 육체적 느낌을 받았다. 순간 온몸에 사이렌이 울리며 이 사고의 심각성을 심각한 것 이상으로 인식하기 시작하였다. 이러한 고통은 여태까지 살며 느껴온 고통을 바탕으로 봤을 때 거의 불가능한 경지의 고통이었다. 결국 몸을 돌리지 못했다. 전혀 움직일 수가 없었다. 몸에 조금이라도 힘이 들어가는 순간마다 팔을 제외한 온몸의 면적에 동시에 벌에 쏘이는 듯한 고통이 따랐다. 정신은, 나의 몸이 잘못되어 평생 불구로 살게 되는 것이 아닌지에 대한 두려움 때문에 공황상태에 빠졌고, 육체는, 나의 정신적 공황상태를 잊게 해줄 만한 고통을 왔다 갔다 했다.

　　　　사람들이 제법 몰리기 시작하였다. 그중에 구경꾼은 아무도 없었다. 모두 어떤 식으로든 나를 도와주기 위해 바쁘게 말을 하고 전화를 걸고 하는 식으로 떠들기 시작하였다. 그중 한 남자가 나에게 몸을 돌려 누워 있어야 한다며 몸을 돌려볼 테니 아프면 말하라고 하였다. 몸에 조금만 힘을 줘도 정신을 잃을 것같이 아프다며 몸을 돌리지 말자고 했는데, 주위에서 사람들이 모두 잠시 너무 아프더라도 배낭을 풀고 몸을 돌려 누워 있는 것이 좋을 것 같다며 나의 몸을 돌리겠다고 하였다. 유년기에 백화점에서 어머니를 잃어버린 아이처럼 겁이 났지만 선택권이 없었다. 그렇다면 하나 둘 셋에 몸을 돌리자고 하였다. 심호흡을 쉬었다.

"후~~~후~~~후~~~~~one… two…… three!! 으아!!!!!!!!!!!!!!!!!!!!!!!!!!!!!!!!!!!!!!!"

내가 다시 걸을 수 있을지 모든 것이 불확실해졌다. 내가 감당할 수 있는 고통이 아니었기 때문이다. 주위의 도움과 함께 성공적으로 몸을 돌렸으나, 고통은 몸에 힘을 안 준 상태에서도 나를 떠나지 않기 시작했다. 올려다본 곳엔 10명쯤 돼 보이는 사람들이 모두 핸드폰으로 어딘가에 전화를 걸며 바쁘게 말하고 있었다. 10명이 동시에 911에 전화를 걸고 있었다. 고통스러웠지만 그 장면엔 살짝의 코메디가 스며들어 있었다. 911이 짜증나서라도 출동을 안 할 것 같은 시트콤적인 유머가 있었다. 그중 명랑하게 생긴 초등학생쯤 돼 보이는 꼬마가 나에게 크고 당당한 목소리로 자신의 오빠가 전직 소방관이라며 지금 전화를 걸겠다고 전화기를 만지작거리기 시작하였다. 나는 이 사람들의 적극성에 감탄하지 않을 수 없었다. 처음에 나에게 몸을 돌리자던 남자가 나보고 조금만 참으라며 나의 다리를 들더니 그 밑으로 나의 배낭을 받쳤다. 몸이 더 편해지진 않았지만 고마웠다. 나의 종아리와 허벅지를 만져보며 감각이 있느냐고 물었다. 나는 모두 감각이 있다고 말했다. 그러자 그가

"Then you will be fine. You will walk again."
(그럼 괜찮을 꺼야. 걷는 덴 문제없을 꺼야.)

라고 했다. 그 사람이 의사는 아니었지만, 긴급대처 하는 솜씨로 봐선 그래도 어느 정도 지식이 있는 듯한 사람이 나에게 다시 걸을 수 있을 것이라고 당당하게 말하자 나는 엄청난 안심을 했다. 하지만 그 안심은 어디까지나 두려움이라는 영역 안에서의 안심이었기에 나는 마음이 놓일 수 없었다. 이제는 10명이 넘는 모두가 나를 내려다보며 곧 911이 도착할 테니 걱정 말라며 위로의 말들을 해주었다. 나는 괴로워하는 채로

고개를 왼쪽으로 돌려 멈춰 있는 버스를 바라보았다. 버스 뒷문에서 사람들이 밖으로 나와 나를 지켜보고 있었다. 하지만 앞의 운전자 문에서 내린 사람은 없어 보였다. 그러다 몇 초 후에 앞문에서 운전자가 나왔다. 꽤 멀리 있어 얼굴 생김새까지 파악할 수는 없었지만, 그는 멀리서 멀뚱히 나를 바라보기만 하고 나에게 다가오지 않았다. 하지만 원망이나 미움 같은 감정 따윈 전혀 없었다. 나는 그저 육체적 고통과 두려움뿐이었다.

그때였다. 정신이 고통 외에 다른 것에 집중되기 시작하였다. 내가 사고 났을 당시 쓰고 있던 선글라스다. 어머니와 형과 바르셀로나로 여행을 갔을 때 길거리에서 산 3만 원짜리 선글라스로, 내가 갖고 있는 물건 중에 가장 아끼는 것 중 하나였다. 나는 당연히 그것이 부러졌겠다고 예상하고는 있었으나, 그것을 잃어버려선 안 된다고 생각했다. 안경을 꼭 다시 고치거나 후에 똑같은 복제품을 만들거나 하지 않으면 다시는 그 안경을 그 어디에서도 사지 못할 것을 알고 있었고, 그렇게 된다면 그것은 나에게 엄청난 잃음이었다. 그 안경이 나에게 기똥차게 어울려서 아끼기도 했지만, 그 이상으로 그것을 쓰고 있을 때면 나를 기분 좋게 하는 묘한 매력을 갖고 있었다. 아무리 폐인같이 살고 있어도 그 안경을 끼고 외출하면 느낌이 무언가 괜찮은 듯했다. 나와 쿵짝이 잘 맞는 나의 것이었다. 선글라스라는 것이 단순히 멋을 부리기 위해서 사용되기도 하지만, 착용하고 있을 때면 외부로부터 나름의 아주 단순한 보호막을 치는 듯한 기분도 들게 하였다. 그리고 그 3만 원짜리 바로셀로나 길거리 선글라스는 그중에 최고 보호막이었다. 고개를 살짝씩 돌릴 수는 있으나 제한이 있어서, 눈동자를 아주 광범위하게 돌리기 시작하였다. 나를 중심으로 뻗어 있는 시멘트 바닥을 눈동자로 수색했다. 안경은 한쪽 다리가 부러진 채 내 오른쪽 하단에 주차되어 있는 자동차 밑에서 구원을 기다리고 있었다. 안경을 수색하는 과정에서 내팽개쳐 있는 나의 핸드폰 또한 발견하였다. 나는 그 두 가지의 위치를 고통보다 더 깊숙한 곳에 외워 놨다. 그러고는 응급차가 도착하면 챙겨달라고 말해야겠다고 속으로 생각하였다.

멀리서 사이렌 소리가 커져오는 것이 들렸다. 몰려 있는 사람들이 응급차가 하루 종일 걸린다며 내 편을 일부러 들어주는데, 나는 사실 응급차가 기대보다 빨리 왔다고 느꼈다. 하루에도 사이렌 소리를 4번씩 듣는 LA였지만, 한 번도 나와 연관

지어본 적은 없었던 소리였다. 헌데 이번엔 그 소리의 목적이 나라니… 강렬한 경험이 아닐 수 없었다. 응급차가 도착하고 모든 것은 다시 정신 없는 심각성으로 돌아왔다. 응급 대원 몇 명이 파란 복을 입고 급하게 내려 내가 아프고 안 아프고를 떠나 나의 몸을 아주 빠른 속도로 과감하게 다루기 시작하였다. 그들의 모든 행동은 클럽 음악같이 빨랐으나, 표정은 모두 클래식같이 차분했다. 이러한 상황이 익숙한 동시에 능숙한 것이 보였으나, 모든 것이 너무 기계적이어서 나를 둘러싸서 어쩔 줄 몰라 하는 10명만큼 감정적 위로를 받진 못했다. 지금 당장 나랑 말싸움이라도 나면 날 버리고 갈 것 같은 표정이었다. 그들은 다가오자마자 큰 가위로 나의 반바지와 셔츠를 잘랐다. 나는 속으로 '안 자르고도 충분히 벗길 수 있었을 텐데'라고 생각하였다. 반바지 또한 내가 굉장히 아끼는, 세상에 하나밖에 없는 반바지였기 때문이다. 나는 길거리 한복판에 쓰러져 누워 있는 것으로 모자라 이제는 파란 삼각팬티만을 남겨 놓은 누드가 되었다. 하지만 창피할 겨를은 없었다. 그들은 아까 남자가 시험해본 것처럼 나의 몸의 몇 부위를 만지며 감각이 있느냐고 물었고 나는 모두 있다고 대답하였다. 나의 목에 깁스를 채우고 차에서 들것을 가지고 나오더니 나보고 몸을 들어 들것에 싣겠다고 하였다. 나는 그 소리를 듣자마자 10배는 더 겁을 먹었다. 얼마나 아플지 상상도 할 수 없었으나, 상상을 시작도 해보기도 전에 그들은 이미 나를 들었고 나는 이미 고함을 지르고 있었다. 지구가 멸망하는 것이 나의 육체 안에서 시작하는 듯 고통스러웠다. 그들은 뭐라고 전문 용어를 시부렁거리며 나의 골반이 부러진 것 같다고 말했다. 들것에 실려 응급차 안에 들어가는 순간 한 사람을 지목하며 고함을 멈추고 숨을 가쁘게 쉬며 조심스레 입을 열었다.

"Could you… do you… see that sunglasses under the car…? Could you put that in my bag please… it's very special to me…. whooo… and my cellphone too."
(저… 너… 저… 자동차 밑에 선글라스 보이세요…? 그것 좀 제 배낭 안에 챙겨주세요… 저한테 굉장히 중요한 거에요… 후…. 그리고 핸드폰도요.)

'It's very special to me'라고 말하지 않으면 대수롭지 않게 생각하고 넘길 것 같아 나에게 소중한 거라고는 몇 차례 반복했다. 그는 아주 친절하게 알겠다고 하였다. 나는 응급차 안에 들어왔다. 처음이었다. 영화에서만 보던 형광 빛에 모든 긴장감이 고조되어 있는 이동식 박스 안에 내가 희생자로서 들어온 것이다. 그리고 부엌에서 칼질하다 다치거나 운동하다 다리가 부러져 들어온 것이 아닌, 자전거를 타고 학교 가다가 버스랑 충돌하여 실린 것이었다! 굉장했다. 모든 것이 너무나 빠르고 너무나 깨어 있고 너무나 요란했다. 무엇보다도 살아 있음이 가장 굉장했다. 그 무렵 모든 대원이 차에 타고 문을 닫으려 해서 마지막으로 이미 일어난 사고 속에서의 최악을 면하기 위한 확인 질문을 하였다.

"Did you… sunglass…?"
(저… 선글라스…?)

응급

　　병원에 도착하였다는 사실 외엔 아무것도 알 수 없었다. 어떠한 진단과 치료를 받을지, 내일은 무슨 상태일지, 아니 십 분 후에 무슨 상태일지도 전혀 짐작할 수 없었다. 모든 것이 나를 위해 너무나도 바쁘게 진행되고 있었지만 정작 나는 이 상황에 포함되어 있지 않은 느낌이었다. 내가 벌여 놓은 연극인데도 불구하고 연극의 일원이기보단 관객 같은 느낌이었다. 모든 것이 그들의 손에 달려 있었고, 나는 아무런 힘이나 권리가 없었기 때문이다. 의사들이 하는 말과 행동도 전혀 알아들을 수 없었으며 두려움과 고통 외에는 모든 것이 흐릿했다. 나의 의식은 완벽히 나의 육체 안에 감금되어 있었다. 육체라는 포장지를 기준으로 나는 안에 있었고 그들은 밖에 있었다. 응급실에 들어서자 사람들은 나의 몸에 순식간에 수많은 짓을 했다. 어느 순간 본 팔엔 주사바늘이 네다섯 개가 박혀 있었으며 간호사들은 중간중간

"This might hurt a little."
(조금 아플 수도 있어요.)

라고 말할 뿐이었다. 나는 그 경험을 통해 응급실에서 '조금 아플 거예요'라는 말은 즉, '아마 경험한 것 중 가장 아픈 것 중 하나일 거예요'라는 말과 같다는 것을 배웠다. 의사들은 5분마다 나에게 전혀 고통이 없는 것이 0이고 가장 고통스러운 것이 10이면 현재 나의 고통은 1부터 10 사이에 어느 것이냐고 물어보았다. 나는 그 숫자를 고르는 것이 어려웠다. 나에겐 당연히 현재의 고통이 10이었으나, 의사가 나에게 말하는 10은 왠지 암 환자나 혹은 정말 죽기 직전의 사람의 고통을 말하는 것만 같았다. 정확한 기준을 알 수가 없었다. 그래서 나는 매번 10이라고 말할 때마다 죽기 직전의 환자를 떠올리며 '9로 낮출까..?'라는 양심을 의식하였다. 이 와중에도 잡생각에 가까울 뻔한 생각을 하고 있던 것을 보면 사실 꽤나 제 정신이었던 듯하다.

말로만 듣던 morphine을 투여하고 나의 고통은 조금씩 뒤로 물러서기 시작하였다. 정신이 조금 혼미해지고 몸이 조금 따뜻해지는 것을 느꼈다. 여전히 고통은 고통이었지만, 견딜 수 있을 것 같았다. 진통제를 맞은 후엔 의사가 나에게 1부터 10 사이에 얼마나 아프냐고 물어보면 양심껏 당당히

"Around 7 and 8."
(7에서 8이요.)

라고 하였다. 수많은 검사들을 받았다. 그중에서 가장 고통스러웠던 것은 X-RAY 촬영 때 몸을 옆으로 돌려 세우던 것이다. 진통제의 정점에 달해 있는 상태인데도 몸을 옆으로 돌려 사진을 찍기까지 기다리는 그 30초 남짓 한 사이에 신호도 없이 아주 조용히 눈물이 뺨을 타고 흘렀다. 마치 유치원 때 달리다 넘어져 무릎이 까지면 그것이 너무 아프고 서러워 눈물이 나는 것처럼 눈물이 났다. 하지만 그 시절 엉엉 울었다면, 25살엔 눈물에 소리가 없었다. 그날 이후로도 검사를 위해 몸을 돌려야 할 때마다 눈물은 예고도 없이 아주 조용히 등장하였다.

응급처치가 대충 마무리되고 나는 임시 병실로 옮겨졌다. 의사는 나에게 검사결과상 머리나 신경에는 이상이 없는 듯해 다행이지만 내일 오전에 골반에 철심 이식수술을 해야 하며 성기에는 문제가 있는지 없는지 조금 더 시간을 두고 지켜봐야 한다고 했다. 나는 순간 겁에 질려 눈을 동그랗게 뜨고 의사에게 물어봤다.

"Wait, there's problem with my penis?"
(잠시만요, 제 성기에 문제가 있다고요?)

아직은 불확실하지만 간혹 골반 쪽을 다치며 성기 쪽 신경을 건드려 문제가 생기는 경우가 있으며 이삼 일은 지켜봐야 한다고 했다. 나는 사고 난 직후 내가 다시는 못 걸으면 어쩌나 걱정했을 때만큼 겁이 났다. 의사에게 수많은 질문을 하며 '당신, 다른 건 몰라도 이것만은 최선을 다해야만 합니다'라는 눈빛으로 그를 똑바로 쳐다보았다.

의사는 자세한 설명을 마치더니 '학생, 너의 불안을 이해하네. 이것만큼은 최선을 다하겠네'의 눈빛을 보내며 병실을 퇴장했다.

상당한 양의 진통제를 굉장히 짧은 간격으로 꾸준히 맞고 있어 고통은 내가 몸을 움직이지 않는 한 나를 방문하지 않았다. 열린 문 앞에서 들어오지 않고 나를 지켜보고 있을 뿐이었다. 물론 소름 돋는 두려움은 계속 진행형이었다. 처음으로 육체적, 감정적 여유가 생겨 시계를 보았을 땐 오후 11시였다. 목 깁스를 한 채 어렵게 고개를 살짝 들어 나의 몸을 살펴보니, 양팔에 주사바늘이 두 개씩 꽂혀 있고 나의 성기에는 오줌을 빼내는 호스가 연결되어 있었으며 팔꿈치와 무릎은 심하게 까져 있었다. 머리의 정수리 옆 오른쪽 뒤통수에도 살이 벗겨졌음을 촉각으로 느낄 수 있었다.

병실은 도화지같이 조용하고, 내 정신은 잭슨폴락같이 난잡하게 깨어 있었다. 이전엔 한 번도 해보지 못했던, 혹은 접근조차 해보지 못했던 영역의 생각들이 소나기같이 거침없이 내렸다. 하지만 신기하게도, 객관적인 예상과는 달리 나는 사실 대부분 건강하고 긍정적인 생각들을 하고 있었다. 꼴이 말이 아니었지만, 한편으로는 어제와 똑같이 살아 있었다. 성기에 문제가 없고 수술만 잘된다면 나는 적당한 고통의 시간이 지난 후에 다시 완벽한 건강을 찾을 수 있는 희망이 있는 상태였다. 그리고 그날만 온다면 이 사고는 나의 삶을 한결 더 진하게 만들어주는 재산이자 이야깃거리일 것이라는 생각이 들기 시작했다. '너무나 아프다'는 생각 저편에 '너무나 다행이다'라는 생각이 걸어오는 것이 보였고, 굉장히 빠른 걸음으로 다가오고 있었다. 그리고 제주도를 경험하기 전의 부정적이던 나의 성격과는 달리, 단 한 번도, '왜 하필 나에게 이런 불행이' 따위의 생각은 감히 스치지 않았다.

가족에 대한 생각은 내가 도로 한복판에 쓰러져 911을 기다리는 시점부터 쭉 나와 함께했다. 하지만 지배적이지 않았다. 바다 건너에 있을 가족에게 의지하기엔 가족에게 끼칠 걱정이 너무 막대해 보였다. 수술이 끝나고 회복기간에 접어들기 이전에 나는 내가 앞으로 얼마나 험난하고 긴 회복기간을 거쳐야 하는지 파악하지 못하고 있던 터라, 수술이 끝난 후에 가족에게 사고 소식을 알려야겠다는 생각이 더 컸다. 나는 이미 수술은 문제없이 잘될 것이라는 확신을 갖고 있었지만, 가족의 입장에선 수술을 하기 전에 이 모든 것을 알아버린다면 아직도 수술이라는 걱정스런 관문이 남아 있는 상태였던 것이다. 나는 모든 관문을 무사히 지나갈 수 있다는 것을 알고 있었기에, 수술이 끝나고 몸이 나아질 것만 기다리면 되는 회복기에 접어들었을 때 가족에게 이 사고를 알리고 싶었다. 그것이 가장 덜 걱정스럽게 하는 방법이라고 생각했던 것이다. 그리고 무엇보다도, 사지가 멀쩡한 와중에도 타지에 나와 혼자 살고 있는 나에게 하루에도 수십 번씩 전화해 밥은 잘 챙겨 먹고 있느냐며 걱정하시는 어머니께

"어머니, 저 오늘 자전거 타고 학교 가다가 버스랑 박아서 응급차에 실려 왔어요. 내일 오전 6시에 골반에 철심 이식수술을 한대고 어쩌면 성기에도 문제가 있대요. 얼마 동안 못 걸을진 아직 모르겠어요. 하지만 걱정 마세요."

라고 말하는 것은 거의 불가능해 보였다. 가족에게 그렇게 말한다면, 타의로 인한 사고가 나의 죄가 되는 순간일 것이었다. 이런저런 이성적이고 논리적인 생각들의 나열을 바탕으로 나는 수술을 무사히 마친 후에 부모님에게 알려야겠다고 단정 내렸다. 그리고 한 시간 후, 나는 본능적으로 어머니에게 모든 것을 알렸다. 사랑에서 논리는 가끔 사치에 불과했다.

Iron Butt

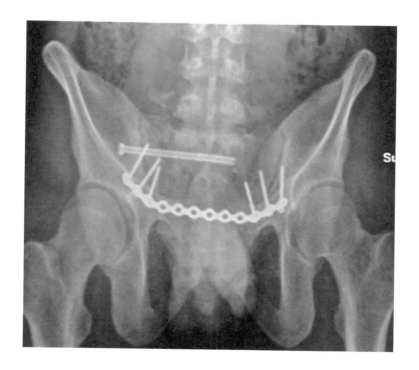

병실

　　가족은 걱정의 시기에 들어왔고, 나는 회복기에 들어왔다. 마취에서 정신이 들었을 땐 단지 자세를 삐뚤게 하고 잠들었다 일어나 허리가 좀 아픈 정도의 느낌이었다. 나의 손에 비행기 조종사들이 미사일을 발사할 때 누르는 빨간 버튼이 달린 스틱 같은 기계가 하나 들려 있었는데, 버튼을 누르면 진통제가 링겔 호스를 통해 내 몸으로 투입된다고 했다. 7분마다 한 번씩 누르라고도 말했다. 5분마다 맞는 것이었으면 시계를 봐가며 정확히 5분마다 눌렀을 텐데 7분마다 맞는 건 시계바늘을 훨씬 더 꼼꼼히 신경 써야 했기에, 나는 그냥 특정 행동이 끝날 때마다 한 번씩 눌렀다. 예를 들어 아침을 먹을 때면 바나나를 하나 다 먹고 한 번 누르고 요플레를 하나 다 먹고 한 번 누르고 하는 식으로 말이다. 나의 10일간의 입원생활은 그렇게 진통제 버튼을 누름과 함께 시작되었다.

　　정확히 24시간 정도 지났을 무렵 소식을 들은 한준이가 뉴욕에서 시험기간을 무릅쓰고 비행기를 타고 병문안을 와주었다. 초대장을 보낸 적도 없고, 나로서는 절대 할 수 없는 행동이었기에 그 감동은 웅장했다. 병실 문이 열리며 처음으로 내가 알고 있는, 그것도 내가 좋아하는, 얼굴이 들어오던 장면과 그의 표정은 내 가슴속에 영원히 녹화되었다. 단지 카메라를 들고 있지 않았을 뿐이다. 전부터 그토록 LA를 방문하고 싶다던 한준이는 결국 LA까지 와서는 2박 3일간 3평 남짓한 나의 병실을 떠나지 않았다. 내가 처음으로 일어나는 것을 시도할 때 옆에서 다리를 들어주었고, 간호사가 예정보다 늦으면 간호사를 불러주었다. 병실이라기보단 포차에 어울릴 법한 이야기도, 잡담도 나누어주었다. 나는 슬플 것도 나약해질 것도 힘들 것도 없었다. 시험 공부를 하나도 안 한 시험 전날 친구가 답안지를 건네준 듯 마음이 편했다. 주말이 끝나 한준이가 학교로 다시 돌아가던 날 나는 그와 포옹을 하기 위해 간호사를 불러 몸을 씻겨달라고 하였다. 그때까지만 해도 몸을 씻는 것은 내가 겪어본 어느 과제보다도 위험하고 숨이 찰 정도의 아픔이 따르는 일이었다. 하지만 내가 해줄 수 있는 것은 포옹을 그 친구에게 상쾌하게 남기는 것뿐이었다. 마침 몸을 다 씻었을 때 그는 빨리 공항으로 출발해야 하는 시간이었다. 그는 언제나와 같이 애써 쿨한 척 필요 이상으로 덤덤한 표정을 하며 빨리 공항으로 출발해야 한다는 태세였지만, 나는 한준이를 끌어안는 순간 터져 나오려는 눈물을 참을 수가 없었다. 한준이는 많이 여린 친구임으로 언제나 나는 더 강해지라고 말했었는데, 그 친구의 그 덤덤한 표정 너머에 있는 고마움에 나는 눈물을 흘리지 않을 수 없었다. 민망해서 한준이를 똑바로 쳐다볼 수가 없었다. 하지만 사람이 눈으로만 우는가. 나는 눈물이 나오려는 것을 들키지 않기 위해 쳐다보지만 않았던 것이지 이미 진동을 켜 논 듯 떨리는 목소리로 인사를 하고 있었다. 그는 그렇게 살짝 찌질해 보일 정도로 쿨한 척하며 나갔고, 나는 그가 나가자마자 눈물 한 방울이 흘렀다. 길지만 짧게, 생생하지만 이미 끝난, 미안하지만 고마운, 그의 방문이 과거가 돼가는 시점에서 나는 감성적이어지고 있었다. 그 무렵 그가 덤덤한 표정이 아닌 명청한 표정으로 다시 병실에 들어왔다. 그러고는 한마디 하고 휙 사라졌다.

"지갑 놓고 갔어."

정말이지, 그렇게 완벽하게 분위기를 깰 수가 없었다.

　　　　사람들이 보이기 시작했다. 나를 둘러싸고 있는 사람들을 같이 공유한 공통점이나 시간에 비례하게가 아닌, 오로지 정말 나를 아끼는 사람인가의 기준으로 사람들이 들통 나기 시작했다. 예상했던 대로 나를 진심으로 걱정해주는 사람이 있는가 하면, 예상했던 대로 형식적으로만 걱정해주는 사람들도 있었다. 물론, 의외로 나를 걱정해주는 사람도 있었으며, 의외로 실망인 사람도 있었다. 나는 어렸을 적부터 내가 힘들 때 남에게 위로를 받으려기보단 혼자 고립되고 싶어 하는 성향이 있었다. 심적으로나 육체적으로나, 고통이란 지나치게 집중되는 영화 같은 성향이 있어 나는 외부에 의지하기보단 혼자 관람하거나 관찰하는 식으로 그 아픔을 끝까지 보는 성격이었다. 그리고 그 감상편을 아무도 보지 않는 노트 위에 노골적이게 휘갈겨 쓰는 것이 나만의 치유법이 되었었다. 하지만 이러한 극단적인 상황에 처해지니 내가 위로를 받고 싶고 안 받고 싶고와는 무관하게 나를 대하는 사람들이 비교가 되기 시작했다.

가족은 물론이고, 한준이나 몇몇 친구들처럼 정말 나를 진심으로 걱정하는 것이 핸드폰 화면으로든 병실을 찾는 발자국 소리로든 느껴지는 주위 사람들이 있는가 하면, 나를 걱정하기보단 주위 사람이 크게 사고 났다는 그 이야기 자체에 더 흥미를 갖는 사람들도 있었다. 사람들마다 다르기에 형식적인 방문에서도 위로를 받는 사람들도 있겠지만, 나에겐 적어도 예의상 한 번 들리는 듯한 방문이나 금방 '힘내'라는 말로 대화를 마무리 지으려는 듯한 문자 같은 것은 안 하는 것만 못했다. 차라리 그 시간에 병실에 아무런 방해 없이 조용히 누워 눈 감고 수많은 것을 상상하는 것이 훨씬 즐거웠다. 신기한 것은, 나의 사고는 내가 쭉 알고 지내온 사람들보다 서로 알게 된 지 한 달도 안 된 사람들에게 더욱 실감나게 다가온다는 것이었다. 그들은 나를 안다기보단 나를 알려고 한 사람들이다. 그 재미있는 시점에 관찰의 대상이 봉변을 당한 것이다. 쭉 알아오던 사람은 '죽지 않았으니 다행이다'라는 식으로 금방 포장해버릴 수 있지만, 이제 막 교류하게 된 그들에겐 병문안조차 나를 마저 알아가는 하나의 신선한 방식이라는 듯 조금 더 개인적이게 나를 방문해주었다. 그들은 형식상 매일 와주는 것이 아니었다. 정말로 오는 것을 즐거워해서 와주었다. 나를 위로해야 한다는 사명감 같은 것 없이 그저 오는 것이 재밌어서 계속해서 찾아와주었고, 그러한 부담 없이 오로지 자신이 오고 싶어서 오는 방문은 아이러니하게도 위로하러 온 사람보다 큰 위로가 되었다.

오전 6시마다 의사 선생님들은 단체로 내 병실에 몰려 들어왔다. 진통제 때문에 잠을 규칙적으로 자지 못해 오전 6시가 꼭 비몽사몽한 시간은 아니었다. 하지만 그들은 하필이면 그 하루의 상쾌함의 상징이어야 할 시간에 병실에 들어와 매일 나의 상태를 진단하였다. 진단이 말이 진단이지 치과 가서 사랑니를 뽑는 것보다 아팠다. 나의 상처와 수술자국은 모두 엉덩이 바로 위에 있었기에 그들이 진단하기 위해서 나는 간호사의 부축으로 몸을 일으켜 세우고 돌려야 했다. 그리고는 내가 10일간 병원에 있는 동안 단 하루아침도 빠짐없이 무서운 멘트로 진단을 마무리 지었다.

"So far everything looks good. You might be discharged tomorrow."
(괜찮아 보이네요. 잘하면 내일 퇴원할 수 있겠어요.)

입원하고 7일이 지난 날 처음 변을 봤으며, 8일이 지난날 겨우 목발로 계단 한 칸 올라가는 것을 성공하고는 숨이 차서 휠체어에 실려서 병실에 돌아왔는데, 의사선생님은 내가 입원한 지 이틀째 되는 날부터 아침마다 저 망언을 했다. 일종의 습관이나 중독 같았다. 어떤 권위 있는 자리에 대한 가볍게 무게 잡는 일종의 멘트 같기도 했다. 나는 아직도 아파서 죽어가는데, 여간호사의 따뜻한 미소 없이는 숨도 쉬기 힘든데, 그들은 정말 당당하고 아무런 문제없다는 표정으로 매일 아침 나보고 상황 봐서 내일 집에 가라고 했다. 총대를 메고 그 멘트를 직접 날리는 의사는 그 무리 중에 딱 한 명이었다. 그 한 의사만 매일 아침 똑같은 말을 똑같은 표정과 말투로 8일간 나에게 한 것이다. 나는 '정말 내일 나를 퇴원시키면 어쩌지?' 하는 생각에 그 말이 너무나 무서웠다. 반면에 그 옆엔 항상 눈물을 머금고 있는 듯한 초롱초롱한 눈빛을 한 의사가 있었다. 그 의사는 나만 보면 안타까워서 눈물이 날 지경이었나 보다. 나는 몸만 아플 뿐인데, 그 의사를 보면 덩달아 슬퍼지기까지 했다. 엘리트 의사 군단이 아침에 우루루 들어와 우루루 나가고 나면 나보다 더 불쌍해 보이는 의사는 몇 시간 후에 꼭 내 병실을 홀로 들리곤 했다.

"How are you doing? Doing any better?"
(어때요? 좀 나요?)

그는 따뜻한 커피같이 물어봐준다. 그와는 짧은 잡담도 몇 번 나눈 터라 나는 그가 아주 명랑하고 똑똑한 젊은(나보다 6살밖에 더 많지 않다) 의사라는 것을 알 수 있었고, 내가 병원비가 터무니없이 비싸 불만인 것에 전적으로 동의한다는 것을 알 수 있었다. 퇴원하는 날 그 의사에게 고맙다고 따로 찾아가서 인사를 못해서인지, 그 촉촉한 눈빛은 여전히 생생하게 나를 따라온다.

　　　간호사들은 비인간적으로 착했다. 꽃잎을 휘날리며 행복을 뿌리고 다니기 위해 만들어진 기계가 아니라면, 인간으로 위장한 천사임이 분명했다. 며칠 후에 부모님이 한국에서 날아와 병원에 도착하였을 때 지갑이나 여권 같은 것을 보이는 곳에 방치해 놔도 괜찮냐는 어머니의 걱정에 나는

"엄마, 이 건물엔 천사랑 환자밖에 없어요."

라고 대답하였다. 담당 간호사는 2명씩 12시간마다 교대하였다. 남간호사일 때도 있고 여간호사일 때도 있었으며, 그중에는 젊은 사람일 때도 늙은 사람일 때도 있었고 미인일 때도 그냥 여자일 때도 있었다. 그들은 나의 냄새 나는 몸을 씻겨주고 내가 소변 보는 것을 기다려주었다. 내가 원하는 것이 있다면 언제 어디서든, 어떻게든 불만인 기색 없이 해주는 사람들이었다. 몸이 조금 나아져 내가 가끔씩 소파에 앉아 있을 때마다 꼭 필요한 물건이 하나씩은 저만치 멀리 있는 침대 위에 있었다. 보통 사람이 걸어서 세 발자국이면 짚을 수 있는 거리였지만, 나에겐 대서양을 횡단하는 여정일 터였다. 하지만 그렇다고 해서 그것 하나 소파로 갖다달라고 하기 위해 간호사를 부르기는 미안해서 고민을 시작하려고 하면 그들은 언제나 제때 구름에서 내려와 방에 착지했다.

"Everything good?"
(다 괜찮아요?)

천사의 미소를 하고 물어본다.

"Ah! Thank God you are here! Could you please hand me that note on the bed?"
(아! 와주셔서 너무 감사해요! 저기 침대 위에 노트 좀 주실 수 있을까요?)
"Sure, anything else?
(물론이죠, 다른 건 뭐 없어요?)
"Nope, that's it."
(없어용.)
"Perfect. How are you feeling? Is the pain any better?"
(잘됐네요. 좀 어떠세요? 아픈 건 좀 덜한가요?)

"I am getting better. I can feel it. I went to the toilet by myself few minutes ago!"

(나아지고 있어요. 느껴져요. 방금 전엔 화장실에 혼자 갔어요!)

"Oh good!! You are healing faster than I thought. Once I saw this patient with···."

(좋네요!! 제가 생각했던 것보다 훨씬 빨리 낫고 계세요. 예전에 어떤 환자는요···)

자신이 간호했던 환자 중 가장 절망적이었는데 그 고난을 뚫고 완쾌한 전설적인 이야기를 들려주며 나에게 희망을 주려고 했다. 간호사를 30명 정도를 만났으니 나는 전설을 대략 30가지를 알고 있다. 신기하게도 30가지 이야기들의 주인공은 전부 골반이 나간 사람들이었다. 하지만 믿거나 말거나 그런 과장되고 지나치게 희망적이고 동화 같은 이야기들이 실제로 완쾌에 대한 의문을 품고 있는 나에게 도움이 되었다. 너무 아플 때면 '과연 이 고통이 정말 나를 불구로 안 만든다고? 이 고통이 뿌리 채 뽑히는 것이 가능할까? 내가 다시 걷기는 하겠지만 과연 아무런 문제가 없을까?' 같은 위험한 생각들이 엄습해올 때도 있었다. 하지만 내가 모은 전설들은 그런 의문을 품는 횟수를 줄여줬다. 비정상적으로 건강해져 이야깃거리가 아직 없는 간호사의 전설이 되겠다는 사명감이 생겼었다.

　　외로울 줄 알았던 입원생활은 예상과는 달리 너무나 많은 사람들로 북적거렸다. 사실 혼자 있는 시간이 깨어 있는 새벽 말고는 거의 없었다. 잃기 전까지 갖고 있음을 모르는 한 인간으로써, 나는 많은 것을 잃은 현재의 위치에서 갖고 있던 것들 혹은 앞으로 가질 것들을 상상하며 글이나 영화 같은 예술의 형태로 빨리 표현하고 싶었다. 그리고 무엇보다도, 그 어떤 작품보다도 일단 책을 내야겠다고 결심하였다. 내 안에서 한 번에 지나치게 다양하게 탄생하여 엉켜 있는 정념들에 질서가 필요했고, 그것은 오로지 조용한 공간에서 홀로 노골적이게, 혹은 미적이게 표출함으로써만 가능했다. 병원에서의 시간이 길어질수록 회복되었을 때 내가 할 것들에 대한 환상은 커져갔으나 시간이 길어질수록 그 생기를 잃어갈까 봐 무서웠다. 최소한의 것도 자의대로 할 수 없는 불편한 위치가 되자, 후에 이 불편함으로부터 해방됐을 때에 대한 다짐들이 많이 생겼다. 하지만 경험을 통해 불편한 와중에 그토록 강력해 보이던 의지가 다시 편한 조건하엔 얼마나 쉽게 무너질 수 있는지 알고 있었기에 다짐들에 굉장히 조심스러웠다. 비슷한 경험을 한 적이 있었다. 내가 훈련소에 한 달간 들어가 있는 동안엔 나와서 하고 싶은 생산적인 것들에 대한 환상이 너무나 쉬워 보였고 실제보다도 더 설득력 있었다. 하지만 막상 나왔을 때는 결국 훈련소를 들어가기 전과 똑같이 방탕하고 비생산적인 길을 이어갔었다. 내가 깨우쳤고 고로 변화했다고 느끼는 것들은 그 어느 조건에서도 자생할 수 있을 정도로 뿌리가 깊어야 하며, 그러기 위해선 긴장을 놓아선 안 되는 법이다. 하지만 난 훈련소를 나오며 고작 4주간의 반가운 변화들이 내 안에 자리 잡았다고 오만했던 것이다. 똑같은 실수를 반복하지 않기 위해 나는 이번에 그때보다 더욱 치밀하게, 동시에 유연하게 계획을 짜기 시작했다. 그리고 내가 이번 사고를 겪으면서 느꼈던 것들을 섞이지 않도록 노트에 바로 냉동보관하기 시작하였다. 후에 퇴원해서 무리 없이 앉아 있을 수 있는 상태가 되면 얼른 냉동고에서 꺼내 자판 위에다 요리하기 위한 준비였다. 나는 노트에 느낀 점과 불시의 영감들을 적어가며 차츰 이 사고가 단순히 불행 중에 다행인 사고 정도가 아니고 얼마나 감사한 사고인지 알 수 있었고, 그것 또한 적어 내려가기 시작했다.

　　7일째 되는 날 저녁 부모님이 일을 제쳐두고 걱정스런 얼굴로 병원에 도착하였다. 간호사가 천사의 역할을 하였다면, 부모님은 신이었다. 부모님의 존재는 앞에 실존하는 것만으로도 대단했고, 아마 그 위력은 내가 아플수록 제곱이 되었을 테다. 도착하신 것만으로도 나의 고난은 막바지에 들어온 것 같았다. 나의 육체는 수감된 듯 한계가 있지만 나의 정신이 얼마나 말짱하고 깨어 있는지 티를 냈고, 얼마 지나지 않아 부모님은 드디어 불행보다 다행에 초점에 두시는 듯했다. 분위기는 조금씩 불행스러운 일로 모인 자리라기보단, 타지에서 가족과 함께 시간을 보내는 오붓한 분위기로 바뀌어갔다. 하지만 그 와중에도 나의 꼴에 부모님 가슴은 속에서 계속 무너져 내리고 있었음을 안다. 오로지 걱정을 동기로, 일을 뒤로 하시고 두 분 다 이곳까지 오게 한 것은 굉장히 죄송스러운 일이었다.

어머니께,

2006년 7월 11일, 어머니 생신. 고작 가족 네 명이 함께한 짧은 식사. 특별하다기엔 너무나 평범했던 저녁식사, 평범하다기엔 너무나 특별한 가족 외식이었어요. 그렇게 아이러니하게 다가온 저녁식사는 전혀 예상치 않게도, 저에게 17년 동안의 수많은 저녁식사 중 가장 감동적이면서도 슬프게, 그리고 행복하게 막을 내렸어요. 가슴 깊이라기엔 너무 얕은, 깊이보다 훨씬 많은 의미를 담고 있는 가슴 어딘가가 징하게 울리면서 저는 가족의 사랑을 다시 한 번 확인하고 확신했죠. '사랑'이란 단어는 너무나도 흔히 쓰이는 단어이고, 흔히 쓰이다 보니 '사랑'이란 단어가 사실상 포함하고 있는 아낌, 배려, 걱정, 격려 등 많은 의미들의 가치가 떨어진 듯해요. 사람들은 그저 '사랑'이라는 단어의 겉 표면만 주고받아 들이는 생활에 익숙해져 버렸어요. 저 또한 그렇고요. 정말 속 의미까지 모두 한번 되새겨 보면서 누군한테 '사랑합니다'라고 말하는 사람이, 혹은 경우가, 얼마나 되겠습니까? 하지만 저는 오늘 이 자리에서 자랑스럽게, 그리고 깊게, 가족에게 말할 수 있어요. 사랑합니다.

오늘 밥을 다 먹고, 오랜만에 모인 가족끼리 대화를 열려는데, 형과 아버지의 끊이지 않는 말다툼과 형의 재촉에 의해 저희는 자리를 얼마 되지 않아 일어서려 했고, 내려가는 길에 웨이터의 다 준비됐다는 예상 밖의 케익으로 인해 저희는 발걸음을 다시 테이블로 돌렸어요. 저는 그 웨이터에게 너무너무 감사드려요. 웨이터가 저희 발걸음을 돌려놓치 않았다면 오늘 저녁식사는 그저 여느 때와 같은 어머니 생신이었을 테니까요. 웨이터는 곧장 케익을 갖고 왔고, 저희는 생신 축하 노래를 부르기 시작했어요. 아버지, 형, 나, 셋이서 음정, 박자 다 틀려가면서 어색하게 들릴 듯 말 듯 한 목소리로 노래를 불렀어요. 노래가 끝나고 어머니께서 쑥스러워하시면서 불을 끄시는 모습을 가만히 지켜보는데… 정말… 한편으론 가슴이 너무 아프고, 또 한편으론 너무나 행복했어요. 저도 이젠 다 커버린 고등학교 삼학년인데, 저는 정말 그 모습을 보면서 눈물을 참을 수가 없었어요. 그래서 저는 화장실 좀 갔다 오겠다고 하고는 화장실에 가서 정말 오랜만에 마치 꼬마 아이처럼 엉엉 울었어요. 어머니께서 저희 세 명의 노래를 들으며 미소를 짓고 달랑 하나뿐인 촛불을 끄시는데… 저는 어머니의 미소에서 진정한 '행복'을 느꼈어요. 저에게 생일잔치란, 그저 이사람 저사람 많이 모아두고 시끌벅적하게 무의미한 대화와 웃음을 주고받으면서 시간을 보내는 걸로밖에 해석이 안 됐었는데… 그렇게 시끌벅적한 생일 끝에도 남는 건 '아… 더 놀았으면 했는데…'라는 불만족뿐인데… 어머니께서 이런 하찮은 생일잔치 속에서 그렇게 행복한 미소를 띠면서 촛불을 부는 모습이 저는 너무나 고맙고 죄송했어요… 정말, 어머니께선 우리를 이렇게 사랑하시는구나… 이런 작은 흥얼거림 속에서 그렇게 큰 행복을 얻으시는 어머님을 보면서 눈물을 참을 수가 없었어요.

순간 너무 많은 것들이 저에게 들이닥쳤어요. 어머니 아버지께선 그렇게 저와 형만 뿌듯이 서 있으면 이 세상 그 어떤 누구보다도 행복해하실 텐데, 저는 여태 두 분께 뭘 해드렸고, 뭘 해드릴 수 있을지가 너무나 죄송하고 걱정됐어요. 지금은 철이 안 들었다는, 혹은 어리다는 핑계로 이렇게 부모님으로부터 무조건적인 사랑만을 계속 받고 있지만, 사실 저 철들 만큼 든 것, 그리고 어리다기엔 너무나 커버린 것, 모두 다 알아요. 늘 나중에 이 모든 것을 물질적인 사랑으로 갚겠다고 여지껏 말해왔었죠. 근데 오늘 깨달았어요. 제가 정말 갚아야 할 것은 물질적인 사랑이 아닌, 정말 마음에서 우러나오는 사랑이란 것을. 사랑으로 여태까지 받아온 사랑을 모두 갚을게요. 어머니 아버지, 정말이지 너무나 감사드려요… 한마디 한마디에 감사드리고, 하나 하나에 감사드리고, 건강히 살아계시다는 것에 제일 감사드려요. 저는 전생에 뭐였기에 이렇게 훌륭하고 행복한 가정에서 태어난 걸까요? 정말이죠, 최근에 스쳐가는 저에 대한 실망감과 많은 불안함은, 앞으로 정착할 저에 대한 뿌듯함과 자랑스러움에 비하면 아무것도 아닐 거예요! 세상에서 제일 사랑해요!

2006년 7월 11일
작은아들이

아버지께,

자식들이 흔히들 부모님에게 의미 있는 말을 하고 싶을 때,
"무슨 말을 해야 할지 모르겠습니다."
로 말문을 여는 것은 생각이 없기 때문이 아닙니다. 가슴에서 우러나오는 부모님을
향한 심정들을 감히 몇 가지 단어들로 표현할 엄두가 나질 않는 겁니다.
꾸준히 글을 쓰는 저 역시,
아버지께 무슨 말을 해야 할지 모르겠습니다.

자식들은 계속해서 큽니다.
아버지가 볼에 뽀뽀를 해달라면 무릎 위에 냉큼 올라가 두 손으로 아버지의 얼굴을
당기던 때도 있었고, 아버지가 하지 말라고 하면 생각도 해보기 전에 일단은 하던 것을
멈추던 때도 있었습니다. 아버지가 옆에 없으면 공항이나 기차역에서 필연같이 길을
잃을 것만 같을 때도 있었고, 아버지의 말씀을 삶의 답안지로 여기던 때도 있었습니다.
하지만 아쉽게도 자식들은 계속해서 큽니다.
아직도 성인으로서 사회적 위치나 성과에 아무런 진전성을 보이고 있지 않은 저지만,
저도 어느덧 이십 대 후반에 들어섰습니다. 이제 어디 가서 어리다는 핑계로 멍 때리고
가만히 서 있거나 뒷걸음질할 수 있는 나이도 지나버렸습니다. 아이에서 어른이
되는 과정이 각오했던 것보다 너무나 어렵고 세월에 의한 자동적 변화라기보단
책임감 있는 노력에 의한 수동적 변화란 것도 알게 되었습니다. 사람이 나이가 든다고
해서 꼭 어른이 되는 것은 아니더군요. 그렇게 나이가 들어가며 소년은 아직도 하는
짓이 아이같이 어리버리하고 미숙할 순 있지만, 적어도 세월과 함께 생각은 많이
성숙해졌습니다. 그리고 자신을 언제나 한 가족의 일원으로서 생각하기보단, 한
개인으로서 생각할 수 있는 자아가 구축되고 나면, 그 어른아이는 한 가지 무례한
검토를 하기 시작합니다.

"나의 부모님은 과연 나를 잘 키우셨나? 나의 부모님은 어떤 사람들이신가?"

다른 사람들이 자라온 집안환경과 너무나 중요한 유년기 때의 부모님의 교육방식 같은 것도 눈과 귀로 많이 접하여 비교하게 되며, 본의 아니게 지난 세월간의 절대적이었던 감사함을 나름의 기준에서 판단하게 됩니다. 아버지라는 개념에서 벗어나, 아버지를 나와 다른 한 성인으로서 감상해보는 것입니다. 아마 아버지도 성인이 되어 가면서 할머니 할아버지를 무조건적으로 우러러보기보단 논리적이고 다소 냉정하게 생각하는 시기가 왔으리라 믿습니다.

저는 그렇게, 지금의 제가 있기까지 아주 먼 기억에서부터 시작하여 제가 살아온 환경과 어쩔 수 없이 제 안에 주입되어버린 것들을 생각하며 부모님과 가정환경이 저에게 미친 영향들을 생각해봅니다.
그리고 그럴 때면 유감스럽게도,
저는 세상이 결국엔 불공평한 게 맞다는 생각에서 발걸음을 멈춥니다.

아무리 객관적으로 생각해보아도,
아무리 객관적으로 비교해보아도,
저는 너무나 완벽한 부모님을 타고났습니다.
아버지는 제가 아들로서 바랄 수 있는 최고의 어른입니다.

만으로 이십사 년을 살아오며 어른과 어르신을 포함하여 수많은 성인을 만나보았지만, 아버지는 제가 본 가장 품위 있는 분입니다. 마치 동화책에나 나올 법한 어른의 형상입니다. 사람의 장르나 색깔부터가 저와 너무나 다른 분이지만, 저는 아버지를 존경하지 않을 수 없습니다. 제가 집에서 막내인지라 가족과 함께하는 자리에서 워낙에 철없고 무식한 꼬마처럼 비쳐지지만, 밖에서 의식을 곤두세우고 사람을 만날 때면 늘 좋은 답변이 돌아왔습니다. 그리고 저는 누군가에게 저의 인간성이나 성격에 대한 좋은 소리를 들을 때, 언제나 제 안에 부모님과 같은 분이 있음을 느낍니다. 제가

살면서 보고 배운 사람의 품위와 고결함은 어쩔 수 없이 부모님임을. 아버지 생신이어서
어떻게든 아버지께 감동을 드리기 위해 이런 내용을 쓰는 것이 아님을 알아주세요.
단지, 가족 앞에서 표출되지 못하는 제 안에 있는 수많은 고백들 중 하나를,
아버지 생신을 틈타 용기 내어보는 겁니다.

아버지,
방금 전까지 아버지께 무슨 말을 했는지 모르겠습니다.
꾸준히 글을 쓰는 저 역시,
아버지께 사랑한다는 말을 풀어 쓰는 일은 어렵습니다.

2012년은 저에게 육체적으로도 심적으로도 너무나 힘든 한 해였습니다.
하지만 저도 이제 삼재가 끝났다고 하네요.
올해는, 글이 아닌 성과로 아버지께 감동을 드릴 수 있는 해이길 노력합니다.

오늘은 분명, 1월 11일이어서 생신을 축하드립니다.
하지만 분명, 날짜를 초월하여 진심으로 사랑합니다.

2013년 1월 11일
작은아들, 이혁

Young Peter

"잘 봐.

두 면이 있지?

이렇게 반을 비틀어서 끝을 이으면, 두 면이면서 한 면이 돼."

형은 손가락으로 면을 따라가며 그 두 것이 하나이기도 함을
친절하고 멋있게 가르쳐 주었다.

그리고 나는 방으로 돌아와 한참을 감동했다.

뫼비우스의 띠가
형과 나임을.

V

펼치는 날개

삶의 풍경을 향한 도전

여름방학까지만 해도 몸과 마음이 괜찮았었다.

미국으로 돌아와,

불과 한 달 만에 별 이유 없이 이래저래 마음이 추워지는 계절같이 자연스레

무너지더니, 네 달 동안 아무런 진실된 행복 없이 순간적 쾌락으로 우울함을 억누르며

지냈다. 하지만

순간적 쾌락은 그 쇼가 막을 내림과 함께, 발정난 우울함을 더욱 치열하게 부른다.

강아지가 사라지는 마술쇼를 보며 즐거워했는데,

집에 돌아오니 그 강아지가 우리 집 개였다는 듯.

많은 타령을 했다.

내가 닿지 않을 곳에 있는 사람들과 연락을 하기 번거로워

내 바로 앞에서 울리는 진동벨을 보고도 아무런 미안함 없이 핸드폰을 뒤집었으며,

페북에 다 죽어가는 목소리로

구원의 글을 남기며, 내심 구원받고 싶지 않다는 상상도 하였다.

이해받기 위해 남들에게 나의 상태를 말하면 말할수록

나는 더욱 이해받지 못하는 자가 되어 갔다.

가만히 있어도 미치도록 얻어터지는 기분이었고,

내 손끝으로 써내려 가는 모든 글의 주제는 태양이 결석할 것 같은 새벽같이 어두웠다.

성적 욕구나 손톱을 물어뜯는 것 같은 절제해야 하는 것들에

창피할 정도로 큰 의미를 두기도 했다.

핸드폰 사진을 돌려보다 우연히 등장한 가족사진에,

막연히 죄송하고 창피하여 눈물을 흘리기도 하였다.

내가 결코 내 기대치에 미치는 사람이 못 된다는 생각에

그나마 내 안에 남아 있는 금가루조차 포기하려는 위치까지 갔다.

내 밖에 있는 세상에 대한 집중력이 환자 수준으로 결핍했지만,

내 안에 있는 세상에 대한 편집증은 상자같이 확고했다.

나는 내 안에 있는 폐허에 감금되어 가고 있었다.

내가 이러다 정신병에 걸리는 게 아닌가,

진심으로 겁도 많이 났다.

그러다 방금, 얄밉도록 간단하게도,

우울함의 가장 큰 동기는

내가 실질적으로 도전하고 있는 것이 없어서라는 생각이 머릿속에서 터졌다.

나는, 네 달 동안 세상이나 삶에 대해 새로 발굴한 것이 없었다.

경험, 지식, 감정, 생각 모두 내가 이미 알고 있는 것들 안에서만 어슬렁거리니

모든 것이 그 윤기를 잃어 내 인생이 헐어가고 있던 것이다.

내가 추억에 그토록 젖어 있는 이유는, 현재에 과거만큼 살고 있지 않기 때문이었다.

우리는 살아가는 날들을 하나로 매듭지어 "삶"이란 단어로 표현하지만,

그것은 사전적 뜻일 뿐이다.

삶이란 숨 쉬고 있다고 해서 겪는 것이 아닌 것이었다.

삶의 사전적 의미 저편에, 풍경이 하나 있다.

삶의 풍경이란,

진심으로 살아가기 위해 노력하는 것

하루하루에 호기심을 갖는 것

질문을 하는 것

또 그것을 알기 위해 새로운 것에 손 뻗는 것

자신의 한계를 넓혀가는 것

재물이나 명성 너머의 자기만족을 건축하는 것

목적지가 없어도 걷기 시작하는 것.
잠을 자도 된다 한들, 참아보는 것.
심금을 울리는 것이 있다면 사냥하는 것.
아름다운 것을 미치도록 사랑하는 것.
문외한인 영역을 색칠해나가는 것.
질린 것을 살려보려 생각해보는 것.
점수나 가격같이 숫자로 해석되는 가치들을 믿지 않는 것.
남과 교류하기 위해 궁리해보는 것.
쾌락을 최대한 보류하는 것.
없는 것을 상상하는 것.
관심 가는 것이 있다면, 다가가는 것.
잘하고 싶은 것이 있다면, 잘할 때까지 하는 것.
미래를 믿는 것.

가슴속에 불가능을 꿈꾸는 것.
그리고 현실에서 그 불가능을 긴장시키는 것.
도전하는 것.

진정한 삶은 살고 있다고 해서 우리에게 깔려 있는 것이 아니다.
우리가 삶에게 다가가야 한다. 그리고 다가가려 하지 않으면 썩는다.
모두가 죽는다고 해서 모두가 살아봤다는 것이 아니란 말이다.
삶에게 다가가는 것은 그 행위만으로도 미친놈이 되는 것
하지만, 내가 알고 있는 세상에선
미친놈들이 가장 부럽도록 멋지게 살았다.

오늘 잠이 들어,
내일 눈을 떠 바로 열정의 샤워로 하루를 행복하게 시작하진 못하겠지만,

오늘밤

적어도 내가 수감되어 있던 이 춥고 어두운 독방에서 탈출할 빛이 보인다.

도전하는 것이다.

나는, 지금보다 나은 사람이다.

촌스러워지기 전에,

믿음을 다시 한 번 갖고 노력하자.

P.S. 고맙다 사랑하는 친구들아.

201 x 새해기도

다 좋아하자.
그리고 호기심을 갖자.

중요한 일들이 하찮은 일 뒤에 줄 서지 않도록
먼저 하자.

문제가 있다면,
정지하려 하지 말고 해결하려 하자.

벽에 부딪쳤으면,
궁리하며 밀어보자.

남과 비교하기를 끊고,
나 자신을 사랑하되
적당히 괴롭혀 마음속에 거품을 걷어내자.

절제에 도전하여
쾌락에 만취되는 것을 생활화하지 않고,
놀는 것이나 유흥하는 것을
열심히 산 나에게 보상하듯 다루자.
나 자신에게 상과 벌을 주듯,
일상을 균형 있게 보내자.

외로움을 바쁜 행동으로 얼리고,
우울함을 입 밖에 해방시킴으로써
그 초라함에 날개를 달아주지 말자.

우월한 미모에,
빈 머리와 속물 같은 마음으로
별이 빛나는 밤의 와인잔만을 고집하는 여자들을
그만 만나자.

다시,
거울보다 그림을 더욱 많이 보자.

돈을 쓸 생각보다,
돈을 벌 생각을 하자.

나는 교육제도와 안 맞는다는 생각을 버리고,
배움 앞에서 겸손해지고 다시 탐을 내자.

다 식어 불어버린 열정 앞에서 턱을 괴고 있지 말고,
처음부터 시작하는 깡을 갖자.

어차피 해야 되는 것이라면,
빨리하자.

이왕 하는 것이라면,
잘하고 싶어 하자.

입원한 사람처럼 신중히 행동하고,
퇴원한 사람처럼 자유로이 생각하자.

거절과 실수를 두려워하지 말고,
단순히 다음 기회로 안내하는 이정표로 알자.

나와 장르부터 다른 사람들을 기피하지 말고,
나를 주입시키려 하지도 말고,
진실의 여부를 따지려들지도 말고,
그저 받아들이고 인정해줄 수 있는 인성을 갖자.
침착하고 꾸준하게 나를 표현할 수 있는 자신감을 갖자.

사랑에 목말랐다고 해서
함부로 이성을 미화시키지 말자.

가족에게 더욱 책임감 있는 사랑을 표현하고,
내가 받는 사랑을 당연시 낭비하지 말자.

어제도 내일도 없는,
오늘에서 살자.

내 안에서부터 나를 이기자.
그리고 밖으로 나와
세상에 흠뻑 젖자.

내가 기억하는 최고의 나로 돌아가서
새로운 나로 다시 시작하자.

사회와 세속에 때 타지 않을
강인한 영혼을 보호하자.

그리고 올해는,

너무 아파하지 말자.

아픔과의 섹스 후

아픔을 만나보라.
당신을 먼저 휘어잡지 않는다면
당신이 먼저 손 내밀어 아픔을 잡아보라.
그 매력으로 포장되어 있는 고통과 섹스를 하라.
눈물도 흘려보라.
그리고 나서
미안해하지도 미련해하지도 말고 버려라. 떠나라.

그 후회와 쾌락을 남들에게 떠벌리고 다녀도 좋고
혼자 간직해도 좋다.
하지만 상대는 원나잇이었단 것을 명심하라.

다시 만났을때는,

익숙한 척해서도 안 되고 피해서도 안 된다.

당신과 아픔은 다시 만난 것이 원망스럽기도 하고 설레기도 한다.

아직 서로에 대해 아는 것이 거의 없을뿐더러,

앞으로 백 번을 더 마주쳐도

백 번 모두 조금씩 더 성숙하고 변해 있는 모습일 것이기에

언제나 다시 만나는 날엔 낯익은 낯섦이 흐를 것이다.

하지만

너흰 이미 가장 민망한 벌거벗은 모습으로

몸과 마음을 서로에게 섞어가며

훨씬 친근하고 자주 만나는 다른 감정들에게도 고백하지 못한

진실된 모습을 보여줘 버린 사이이기도 하다.

그러니 미워하지도 반가워하지도

일방적이지도 절대적이지도

피하지도 먼저 다가가지도

그 어떤 대책도 계획도 다짐도 기대도 판단도 평가도 하지 말고

그저 이해하고 받아들여라.

아픔과 섹스를 할 것이 아닌,

대화를 나눠야겠다는 조금 더 성숙한 욕구가 생길 것이다.

집중하라.

그곳엔 당신이 그토록 찾던 보물도, 앞으로 갈 길에 대한 지도도,

처음 깨닫는 철학도, 그리고 한계 너머에 풍경도…

그곳엔 돈으로 살 수 없던 모든 것이 있다.

사랑의 변질

우리는 만나자마자 청춘이 폭발해버렸다. 이전엔 잠에서 깬 채로 비몽사몽하게 누워 있던 거라면, 만남 후엔 강하게 이불을 걷어차고 지각이라도 한 듯 침대에서 넘치게 일어난 것이다. 그 후 3년을 무질서하고 치명적이게 사랑만 했다. 학교, 공부, 대화, 여유, 파티 모두 사랑이기만 했다. 인생을 과하게 소비하기도 하고 무기력하게 지켜보기도 하며 많은 웃음과 눈물을 나눴고, 항상 그 끝에 우리는 서로 껴안으며 말했다

"더 가까이 있고 싶어."

사랑 역시 종류가 있고, 충분한 시간과 충분한 사건 그리고 충분한 일상 후에 사랑은 그 형태가 변질되어 나에겐 "지금 당장 사랑을 나누지 않으면 못 참아"라는 식의 투정보다 좀 더 가족 같은 사랑의 형태가 수면 위로 아주 느리게 올라왔다.
당장이라도 같이 은행을 털 것 같은 젊고 뜨거운 사랑에서, 식사 후에 마시는 커피가 주는 고요하면서도 절대적인 위안 같은 사랑이 되어 버린 것이다.

나는 사랑하는 사람과 조금은 거리를 둘 수 있게 되었고, 그래야만 한다고 절실히 느끼기 시작했다. 아무런 계획도 없이 아침 일찍부터 일단 만나 하루 종일을 "뭐할까?"라고 헤매며 보내는 식의 사랑을 더 이상 할 수 없었다. 그 순간부터 우리의 관계가 사랑하는 정도를 떠나서 건강하지 않다는 것을 느꼈다. 우리의 사랑은 여전히 아름다웠지만, 우리 각자의 인생을 개별적으로 보았을 땐 3년 전보다 너무나 형편없어져 있었다. 하지만 충분히 그럴 법도 했다. 한 것이라곤 사랑밖에 없었으니. 우리는 여러 대화와 다짐들로써 이런 나태함을 극복하려 했으나 매번 실패했고, 바깥세상에서 걷어 차여 생긴 실망과 절망들을 갖고 늘 지나치게 편안하고 나태해져버린 집 같은 서로의 품으로 돌아와 위로를 받았다. 하지만 이러한 둥지가

오래되자, 안심이 되기보단 자꾸만 내가 살아가기 위한 열정을 빼앗는 듯하여 언젠가부터 나를 매우 우울하게 만들기 시작했다. 그리고 내가 바라본 그녀 역시 나로 인해 아무런 발전을 못하고 있는 것이 보였다. 나는 3년 전보다 이전의 나를 그리워하기 시작했고, 그를 다시 찾기 위해 이 관계를 표면적으로나마 잠시 끊어야겠다고 결심했다. 아주 긴 편지를 썼고, 내용은 이러했다.

"우리 헤어져야 할 것 같아."

나는 진심으로 그 당시에, 공식적으로 사귀는 사이가 아니고도 사랑하는 사이가 공기같이 유지될 수 있을 줄 알았다. 사랑이 끝나기 전에 관계부터 끊어버리면 못 다한 사랑이 고요하게 영원할 줄 알았다. 서로의 사랑이 미궁 속에서 불멸하게 남아 있을 줄 알았던 것이다. 하지만 나의 그런 몽상가적인 소망이 얼마나 터무니없고 이기적인 바람이었는지 깨닫기까진 헤어진 후 오래 걸리지 않았다.

이별을 택한 것을 후회한 적은 없다. 나는 확실히 이별 후에 나의 모습을, 나의 개인적 삶을 다시 찾았다. 하지만 내가 이별통보를 한 방식에 대해선 늘 후회했다. 나는 그녀를 밀어내지도, 내가 뒷걸음질하지도 않은 채 단순히 우리를 너무 고립되게 감싸고 있던 울타리를 무너트리려던 것이었는데, 울타리가 무너지는 순간 우리는 자의에 의해서든 타의에 의해서든 사방으로 튀었다. 그녀는 내가 자신을 그렇게 갑작스레 밀어냈다는 생각에 나를 원망하고 나는 그녀가 어떻게 지내는지 미치도록 궁금한 것을 자제하는 시간이 조금 흐르자 우리는 나의 계획보다 남남이 되었다. 하지만 아직도 내가 갖고 있는 절대적 가치관, 성격, 습관, 취향, 소지품의 엄청난 부분이 그녀와 함께 성인이 되어 가며 조각한 것들이기에 그녀는 언제나 내 삶의 특정 시간에 나비가 되어 내 주위를 맴돌며 시공간은 번쩍하며 런던이 된다.

시간이 더욱 흘렀다.
이젠 정말 많이 흘렀고, 그녀는 그 사이에 새 남자친구가 생기고, 나는 그 사이에 많은 여자들과 사랑에 빠지지 않은 채 교감하였다. 헤어진 지 몇 해가 흐르도록 나는 그 누구에게도 사랑에 빠지지 못했으며, 새로운 사랑의 문턱에 오면 나는 본능적으로 나의 마지막 연애였던, 아직까지 내 인생의 마지막 기억인 그녀를 떠올린다. 가끔씩 나를 좋아해주는데 내가 도로 좋아해주지 않는 여자들은 나에게 내가 아직도 그 여자를 못잊었다는 식으로 말하는데 그것은 사실이 아니다. 내가 새로운 사랑을 아직 하지 못한 것은 단순히 사랑에 빠질만한 사람을 아직 다시 못 만났기 때문이다. 나는 그녀를 향한 이성적인 감정이 더 이상 없다. 하지만, 내가 사랑이 끝나기 전에 관계부터 끝내며 바랐던 그 영원한 아름다움이 어느 정도 실현됐음을 이제 와서 느낀다. 시간이 아주 많이 흘러서야 다시 느낀다. 나는 그녀와 다시 사귀고 싶거나 그녀를 보며 어렸을 적 느꼈던 감정들을 다시 느낄 수는 없겠지만, 그녀를 마치 연락하지 않는 가족같이 느끼고 있다. 언제나 친구들을 통해 무얼 하며 어떻게 지내는지를 통보받으며, 나는 그녀가 잘되고 행복하기만을 아직도 진심으로 바란다. 누군가 그녀를 욕한다면 나는 그녀를 보호할 것이고, 누군가 그녀를 좋아해준다면 난 그사람에게 호의적일 것이다. 이별하고도 그녀는 나에게 계속해서 아름다운 사람이며 내가 아끼는 사람이다. 내가 다른 누군가와 또 한 번 뜨거운 사랑에 빠진다고 한들, 이 고상한 감정이 훼손될 것은 아무것도 없다.

그땐 불꽃을 튀기는 부식돌 같은 사이였다면, 이제는 서로 보이는 곳에 서 있는 나무 같은 존재일 뿐이다. 사랑은 그렇게 변질되었다.

나는 길을 잃어야만 도착할 수 있는 곳으로 가고 있다

이정표 없는 두 갈래 길만 몇 번을 만났는지,
나는 길을 잃어야만 도착할 수 있는 곳으로 가고 있다.
잡초에조차 발이 걸리고
바람을 쳐다만 봐도 마음이 쌀쌀해지는 이십 대 중반에서
나는 너무나 답답해서 걷고는 있었지만,
어디로 가고 있는지 알 수 없었다.

더욱 짧아지는 사계절을 보낼 때마다 내 가슴속에 방은 늘어갔지만
그 방들을 채울 것은 줄어갔다.
살면서 다친 것들이 내 바로 뒤로 줄 서 있고
살면서 이루고 싶던 것들이 더 멀리 보이는
불안한 이십 대 중반,
내 마음은 툭하면 간판 하나 없는 황량한 도시 같았다.

힘이 되어줄 것들을 찾다가 습관같이 놀게 되고
남의 인생을 훔쳐 보다가 필연같이 담배를 하나 더 핀다.
청춘을 납치하여 뜯어낸 그 몸값으로 버텨온 지난 세월이 바닥을 드러낸다.
앉아 있자니 답답하고, 걷자니 불안하고, 뛰자니 마땅히 향할 곳이 없는
이 시기 안에서 더 이상 무얼 사랑하는지 모르겠으며
무얼 증오하는지 잘 모르겠다.

나는 길을 잃어야만 도착할 수 있는 곳으로 가고 있다.

회상

하루에 커튼을 친다.
마음에 석양이 지고
기억의 녹음을 청취하며
내일을 황홀히 무시할 수도 있다.

가로등이 부활하고
저녁의 냉정한 바람이 기습해올 때 즈음

나는 이미 그곳에 없다.

세월의 방향을 굴절시킨다.
막잔에 환상을 따르고
수면 아래로 가라앉은 섬의 지도를 다시 그리며
머리카락을 기꺼이 자를 수도 있다.

단풍이 낙하하고
일기의 윤기가 그 낭만을 잃어갈 때 즈음

나는 이미 그곳에 없다.

외우지 못한 눈빛에게

나는 사실 당신이 꽤 궁금했다.
기억처럼
함부로 엎지르고 싶지 않아,
잠시 앉아서 생각하기를 택했다.
근데 이제 벌써 시간이 없구나.
2월이 나를 앉은 채로,
의자를 통째로,
바다에 던지려는구나.

아쉽다,
외우지 못한 눈빛아.

2012를 액자에 담으며

저번 봄은 버스에게 강간당하고는 내 육체 안에 수감되어버려 다시 두발로 걷기위한
물리적 싸움과 수술자국의 소란밖에 기억나질 않는다.
저번 여름은 재활치료, 땀, 그리고 동침한 여자들의 고음으로 입김을 부는 듯한 숨소리와
습하게 미끄러지던 굴곡밖에 기억나지 않는다.
저번 가을은 나의 마음이 너무나 쫄아 세상의 그림자 밑에 숨어 지내며 홀로 외로움을
썰어 먹던 초라한 책상밖에 기억나지 않는다.
이번 겨울은 움츠린 어깨의 지하실에서 삶을 탈출하듯 춤추며 데킬라로 지난날에
외로운 영혼의 빚을 갚아나가던 기억밖에 나질 않는다.

나의 일 년은 상처나지 않았다.
그놈의 일 년은,
상처 안에서 폈고, 또
상처 안에서 졌다.
작년이 일 년의 종착지에서 드디어 화석이 되어 나를 놓아주길 진심으로 바란다. 서울
뒤에서부터 다가오는 봄이, 바람의 쉼표에서 느껴진다. 마야인들의 달력대로 역사가
끝나진 않았지만,
2012년과 함께 나의 괴로움이 멸망하기를.

또 한 번의 기회가
내 귀에서 펄럭임을.

세상에게, 그리고 나에게
부탁한다.

액체인간(Liquid Man) [Rough Ver.]

지식은 단단한 고체고,
상상은 퍼지는 기체다.

우리는 그 사이에서 조율하여 정체하지 않고 새로운 경험으로 흐르는 구준한 액체가
되어야 한다.
고체도 기체도 공급이 중단되면 우리 액체 역시 한자리에 고여버리게 되고,
그러면 비로소 썩기 시작하는 것이다.
영혼은 누래져 구린내를 풍기고,
가장 말단에 있는 싸구려 욕구를 충족시키는 것 외에는
아무것에도 동기를 느끼지 못하게 되는 것이다.
존재의 운동과 내면의 순환이 멈추고, 곧 존재의 이유가 엥꼬난다.
나의 지난겨울처럼 말이다.
삶의 엉덩이에 난 종양같이
괴롭고 더럽게.

그땐 몰랐다.
화창한 지식들을 눈부셔 외면했고 새로운 경험들이 불편하고 불길하여 내 울타리
밖으로 나가려 하지 않았다. 고로 안에서 피어나는 신선하고 불가능한 상상들이 없는
상태이기에 나의 영혼의 무게가 체중을 잃어가고 있었음을.
나는 내 안에 있는 나를 전부 소비해 놓고 그냥 몸둥아리 안에 방치해 놓은 상태였다.
한마디로 나는 내가 이미 겪은 것들의 노예로
생존하고 있었지, 살고 있지 않았다.

변화와 새로움에 자신을 동기화시키고 배우는 것을 게을리 한다면
행복하고 안정된 삶이란 있을 수 없다.
안정된 삶이란 모순되게도,
안정되지 않은 새로움을 개척해 나갈 때에 형성된다.

행복하고 싶거든
꾸준히 배우고 꾸준히 상상하라. 다음 단계를 경험하라.

샘은 흐를수록 맑기 마련이다.

몽롱한 설레임

편지가 굉장히 길었으면 좋겠네
정성 들인 화장일 테니
편지가 한 마디였으면 좋겠네
신중히 꺾은 장미일 테니

나조차 모르는 곳에서 망을 보겠네
모조리 훔쳐가주오,
내일에서 아이의 눈을 하고 만나리
모레는
함께 지루한 오후가 없는 곳으로 숨을 것을

하지만
나의 입다문 언어가 들리지 않는다면,
함부로 열어보지 말아주오
나도 닫는 법을 모른다네

봄이 오자 나는

봄이 오자 나는
향이 괜찮은 지하에서부터 다시 시작하는 마음이었다.
가을학기 동안 내 꼴을 솔직하게 직시하느라 괴로웠다면,
피날레같이 뜨거운 겨울바람이 하나 지나가고
봄이 오자 나는
넘어진 자리보다 더 전에서 다시 일어나는 마음이었다.
비 오는 날 아스팔트에 다 뭉개져 있는 신문처럼 절망적인 길을 하나 지나고,
첫 번째 봄바람이 내 영혼을 환기시켜 주었다.
봄이 오자 나는
알몸에서부터 다시 옷을 고르는 마음이었다.
온 마음에 흐르지 않고 굳어버린 딱지들을 떼고 집 밖을 나서보니,
정원에 앞날이 펼 것 같았다.

봄이 오자 나는,
삶과 화해하기로 하였다.

보랏빛 여우

보랏빛 여우 한 마리가 미지의 숲 속으로 천천히 사라진다.
그 거짓 같은 향의 발자국 미행하다
바랐다는 듯 길을 잃어본다.

어디에도 없는 기억을 기억한다.
그 진짜 같은 안개 속에서 익사하듯
시 한 편에 감금되어 본다.

보이지도 만져지지도 않는 당신이
갑작스레 소나기처럼 내릴 때면,
나는 챙겨 놓은 우산을
살며시 숨긴다.

Good Morning

비몽사몽하게 눈을 뜨면 나의 성기는 나무가 되어 있다.

새벽공기가 닫혀 있는 창틈 사이로 들어와 신선하게 차갑고,
이제 눈을 비비며 일어나는 햇빛이 붉기 전에서 푸르다.
오른팔이 저려 돌린 고개에 비치는 그녀의 얼굴.
잠자는 요정 같다면 너무 미화한 듯하여,
부은 백합이라 하고 싶다.

자는 동안 이불과 말다툼을 해서인지
이불의 반이 침대 밑으로 흘러 내리고 있고 온몸이 냉장고에서 나온 듯 차갑다.
온기가 필요하다.

나는 그 몽롱한 공간에서 나체로 자고 있는 그녀의 허벅지를 더듬는다.
따뜻하다.
근데 따뜻함을 넘은 그 부드러움이 나에게 끼를 부린다.
나는 눈곱 끼어 제대로 작동하지 못하는 시각을 다시 끈 채 그녀를 향한다.

나의 손길이 부드러움을 넘어 야해지자 자고 있는 그녀가 자는 채로 반응한다.
닫혀 있던 입을 열더니
소리 없이 등을 돌린다.

나의 나무를 꼭 다문 그녀의 두 허벅지 사이에 넣고는 그녀를 뒤에서 껴안는다.
나는 그녀의 이불, 그녀는 나의 성냥팔이.

오른팔은 그녀의 머리를 받친 채 그녀의 어깨를 두르고 있고,

나의 왼팔은 그녀의 몸통을 두른 채 가슴을 주무르고 있다.

하지만 모든 것은 야하다기보다 사랑스럽다.

그녀는 내 여자고 나는 그녀의 남자다.

성적인 불꽃 없이 그 자세로 편안해진다.

가슴을 주무르며 내 나무를 부드럽게 허벅지 사이로 미끄러트리니 그녀가 잠시 눈을 뜬다.

"나 좀 더 잘께"

"응, 나도 더 잘 거야"

나의 골반은 시동을 잠시 끄고

손은 가슴에서부터 부드럽게 내려와 배, γ, 허벅지 안쪽에서 바깥으로 흐른다.

부드럽다. 마치 금이 가지 않는 푸딩을 만지는 것만 같다.

편하다. 이대로라면 나도 다시 잠이 들 수 있을 것 같다.

나는 온몸에 힘을 빼고 마지막으로 그녀의 정수리에 뽀뽀를 한다.

그리곤 미소를 짓다

다시 잠에 들곤 한다.

하늘

하늘의 흘림 아래 고요히 가라앉아 있다.
비가 내리지 않는 날은, 하늘이 내리는 날.
고개 들어보니 한없이 쏟아지는 하늘을 맞고,
고개 숙이니 하늘이 땅바닥에 튀기고 있다.
가끔은, 움푹 패인 곳에 하늘이 조금씩 고이기도 한다.

여름이 증발하고 가을이 불어오면
하늘은 뒤꿈치를 든 듯 더 높아져 있고,
가을이 날아가고 겨울이 얼면
하늘은 눈물샘이 마른 듯 하얘져 있다.
그리고 겨울이 죽어 봄이 펴면 하늘은
구름 같은 화장을 잔뜩 칠하기도 한다.

하늘이 만지고 싶어 높은 곳으로 올라가보면
하늘은 여전히 하늘, 나는 처음부터 하늘 안에 있기도 했고
처음부터 하늘은 착각이기도 했다.

새는 알까,
자신의 발자국들이 누군가의 머리 위로 떨어지고 있음을.
그리고 나는 알았나,
내가 걷는 길이 새가 펄럭이는 하늘이기도 하다는 것을.

2013 봄들의 아침

어른이 되어가는지, 언제나 맞춰 놓은 알람보다 30분 일찍 눈을 뜬다.
정신은 깼지만 몸은 깨지 않은 시간, 나에겐 30분의 평온함이 주어진다.
내 옆에서 자고 있던 핸드폰으로 Rhye의 "Open" 같은 봄날의 아침햇살을 틀어 놓고
나는 알람이 울리기 전까지의 30분 동안 의식과 무의식을 수차례 여행한다.
음악이 작아지며 알람이 시작되면 그때부터 창밖의 새 소리가 창 틈으로
날아들어온다.

나는 깬다. 구름 같은 이불을 열고 침대를 외출한다.

가장 먼저 냉장고로 가 100프로 자연산 블루베리즙을 뜯어 마신다.
어머니가 무슨 일이 있어도 아침에 일어나자마자 빈속에 꼭 마시라고 하였다.

어머니가 나보고 챙겨먹으라고 하는 것이 대략 100가지가 넘고,

아침용, 점심용, 저녁용, 식전용, 식후용, 씻기전용, 씻은후용, 수면전용, 등등등

모든 행위의 시작과 끝마다 비타민이 알파벳별로 있기 때문에 보통은

비타민 챙겨먹기보다 우선인 것들이 있다는 핑계로 거르곤 하지만

블루베리즙은 일어나자마자 꼭 챙겨먹는다.

왜냐하면,

존나 맛있다.

건강에 무슨 효과가 있는지는 나는 관심 없다.

그냥 맛있으면서 동시에 좋은 것이겠거니 한다.

블루베리의 달콤쌉쌀한 액이 들어가면 눈곱 낀 눈이 맑아지기 시작한다.

나는 방으로 돌아와 팬티 외에 모든 옷을 벗어 던진다.

차분하게 벗어 살며시 침대 위에 놓으면 될 것을, 나는 언제나 지각한 듯 벗어서 '이거나 먹고 꺼져' 식으로 과감하게 침대에 던진다.

춥다.

비트는 있으나 시끄럽지 않은 음악을 켜고, 요가매트를 깔고,

양 발목에 모래주머니를 찬다.

30분에서 40분 가량의 운동을 한다.

문턱에서 턱걸이를 하는 것 외에 모든 운동은 요가매트 위에서 전부 이뤄진다.

스트레칭, 앉았다 일어섰다, 팔굽혀펴기, 윗몸일으켜기, 그 외 이름이 있는지 없는지 모르겠는 행위들. 3세트를 끝내고 나면,

덥다.

몸이 뜨거워지며 온몸의 땀구멍이 쌀랑말랑 습해질 때도 있고,

때로는 방금 시작한 하루를 다 산 듯이 땀이 흐를 때도 있다.

아침에 땀을 빼고 나면,

하루를 살아갈 정신이 든다. 정신이 맑아지면서, 뭐라도 할 수 있을 것 같은 느낌.

하루 동안 운동을 하냐 안 하냐는 정신적 환기에 엄청난 영향을 미치며,

이왕 할 것이면 아침이 좋다. 시작이 반 이상이기 때문이다.

운동이 끝나면 샤워하러 들어가기 전에 담배 한 대가 땡기지만 참는다.
너무 이른 아침의 담배는 때로는 치명적일 정도로 상쾌함을 훼손시킨다.
샤워실 앞 거울,
내가 요 근래 잘 생활하고 있는지 아닌지는 나의 예민한 옆구리 살과 더 예민한 얼굴
안색에 모두 다 쓰여 있다. 얼굴이 누렇고 부은 날은 내가 전날 밤에 나에게 한 약속을
무언가 하나는 어긴 날인 것이다.
샤워를 우산을 잃어버린 듯하고, 이빨을 맞짱 뜨듯 닦고, 로션을 애무하듯 바르고,
수염을 조지 클루니인 양 깎고, 왁스를 머리에 건축하는 양 바르고 나오면

나는 살아 있다. 온지도 간지도 모르겠는 봄 안에 들어와 있다.

하루 세끼 중 내가 가장 중요시 여기는 밥은 아침이다.
아침밥과 아침운동은 모두 생존하기 위한 것이 아니라, 생기 있게 살기 위한 것이다.
하지만 나는 아침요리를 직접 하기엔 시간이 너무 많이 뺏기며,
집 안 어디에도 잠자는 백설공주같이 아름답게 침을 흘리고 있는 여자친구는 없기에,
나는 편안한 복장에 썬글라스를 끼고 가까운 카페로 나선다.
LA는 늘 날씨가 좋기 때문에 썬글라스는 필수다. 그것은 폼을 위해 끼는 것이 아니라
그냥 이곳의 생활 아이템인 것이다. 썬글라스를 끼고 나오면, 집 문을 나서며 나를
덮치는 햇살에게 답변을 하는 느낌이다. 아침에게 인사하는 것이다.

까페까지 가는 길에 담배가 너무 땡기지만, 나는 모닝커피 한 모금을 마시기 전까지
담배를 안 피기로 하였다. 내가 새집으로 이사와 어느 정도 규칙적인 아침 생활패턴이
생기면서 선을 그은 일상의 규칙이다.
전 집에서 자주 가던 집 앞 까페와 같이 신기하게도 이곳 주인도 한국 사람이다.
까페에 들어서면, 이제는 매일 아침 보는 사장님 밑에서 일하는 이등병들과 간단한

인사를 나누고 카운터에서 사장님을 대면한다.

"Hi, Hello, Hey, How are you? Good Morning, Hi, How are you? Good, Good, thank you, …안녕하세용."

"어머~안녕하세요~~~~ 오늘은 일찍 오셨네요?"

"네, 굿모닝이요~ 저 아이스 아메리카노랑.. 음… 오늘은.. 올리버라 할게요."

"테이크 아웃이죠?"

"네."

커피는 계산함과 동시에 준비되지만 음식은 5분 정도 걸린다.

그리고 그 두 메뉴 사이에 길 잃은 시간이 바로 내 하루의 첫 담배 타임이다.

나는 커피를 들고 가게 앞으로 나와 한 모금을 들이켜 식도를 시원하게 코팅하고,

첫 담배에 불을 붙인다.

매일 피는 담배지만, 조금 참았다가 피는 하루의 첫 담배의 첫모금은 나를 절대 실망시키지 않는다. 생물학적으로 따지자면 분명히 찌꺼기가 내 안으로 들어오는 것이겠으나, 정신적으로 따지자면 영혼의 찌꺼기가 내 안에서 나가는 느낌이다.

비흡연자들은 글로써는 결코 알 수 없다. 담배가 무언지.

담배를 한 개비 죽여서 봄바람에 뿌리고 가게에 다시 들어서면

다 포장된 음식이 카운터 위에서 나를 쳐다보며 꼬리를 흔들고 있다.

나는 아침을 챙겨나가며 주인과 짧은 대화를 할 때도 있고 안 할 때도 있다.

오늘은 안 할 때다.

그렇게 갖고 온 음식을 먹으며 짧은 동영상을 본다.

보다만 가벼운 영화, 라디오스타, 혹은 예전에 이미 본 다큐.

품위 있게 아침을 먹으며 책이나 신문을 보고 싶지만, 나는 뭘 먹으면서 읽는 것을 동시에 못한다. 그럴 때면 언제나 읽느라 음식을 제대로 음미하지 못한 듯한데, 반면에 먹느라 글도 제대로 못 읽은 셈이 된다.

남는 건 건성으로 먹은 오믈렛과, 하나도 못 알아들은 두 문장.

그래서 최대한 집중을 안 해도 되는 동영상을 틀어 놓고 밥을 먹는다.

아침식사가 끝나면, 나는 끝이 얼마 남지 않은 동영상을 마저 보며 소화를 하고,
동영상이 끝나면,

하루의, 사회의, 아티스트의, 학생의 일원으로서
본격적인 시작을 한다.

Secret's Victoria!

시험기간 도서관,
대각선에 앉은 여자를 보아버렸다.
녹아내리는 용암같이 핫하게 볼륨감 있는 갈색 머리에
몸 어디엔가 진주라도 숨어 있을 것 같은 구릿빛 피부.
온몸의 계곡과 산맥이 전부 드러나도록 딱 달라붙는
남색 탱크탑을 입은 그녀. 그녀의 이름은 빅토리아일까?
그녀의 비밀이 알고 싶다.
Mila Kunis가 화장을 지웠을 듯한 매력적인 눈은
함정에 가깝도록 깊다.
눈빛을 잘못 디뎠다간, 적어도 중상이다.
풍만한 가슴을 받혀주는 속옷의 무늬가
탱크탑 위로 봄이 왔다는 문장을 음흉하게 남긴다.

나는 그녀를 보아버렸다.
그녀는 나를 보지 못했다.

시험공부에 몰입하던 나의 정신은 국적을 잃었다.
내가 곧 있을 시험을 망친다면 전부 저 명화 때문이다.
시야의 초점이 문장의 끝에서 자꾸만 대각선으로 튕긴다.
방금 전에 읽은 문장은 일 년 전으로 사라진다.
그녀의 알 수 없는 표정을 읽는 것이 나의 수능이다.
아니, 그녀의 숙제를 도와주는 것이 나의 장래희망이다.

그녀는 어느 나라 사람일까.
동양사람에게 호감을 느낀 적이 있을까.

무얼 하는 사람이며, 무엇을 좋아하는 사람일까.

예술을 의식하는 사람일까.

이야기보다 거울을 듣는 콧대 높은 여우일까.

이름보다 명함을 기억하는 속물일까.

아니면 나를 구원해줄 종교일까.

말을 건다면 첫마디는 무엇이 좋을까.

"Hi, how are you?"

"Hi, I had to come over, you are beautiful."

"Hi, I really think you are stunning. Can I buy you a coffee? …or a Teddy Bear?"

"Hi, I know you from somewhere. Oh never mind, that was Mila Kunis from a movie."

"Hi, I was studying art history right over there and um… right when I was reading about the conditions of beauty, I saw you and I realized that this textbook is a failure. Doesn't say your name. Haha… What's your name again?"

아니면 Apple처럼 simple하게

"Hi, are you from Venus?"

대답이 돌아온 다음엔 무슨 말을 하지?

오… 나는 길을 잃었다.

생각이 많아질수록 작업은 실패를 향한다.

바로 그때였다!

그녀가 나를 살인할 작정을 하고,

두 팔을 올려 핀을 입에 문 채 그 긴 머리를 묶기 시작했다.

그리고 나는
30초짜리 장면을 보며 육체를 이탈했다.
Salvador Dali 그림 안으로 들어왔다.
정수리 위로 큐피드가 세계 3차 대전을 펼친다.
이 장면을 보기 위해 24년을 무사히 버틴 것이 확실하다.

'오! 베이스가 빵빵한 엘라스틴의 그대여,
말리부 해변의 노을에서 태어났을 것 같은 그대여,
내 앞에서 함부로 핀을 입에 문 채
양팔을 올려 머리 묶지 말아주오.
납치하여,
시간조차 당황하여 주춤하는 키스를 퍼부을 수도 있으니.
한 번도 들어보지 못한 동화를 귀에다 속삭이고
한 번도 보지 못한 영화를 그대의 미래로 만들어줄 수도 있으니.
그대의 굴곡을 그리고
그대의 향을 낭송하여
그것으로 우리는 석유재벌이 될 수 있으리.'

아아, 그녀가 일어난다!
화장품 같은 학용품을 챙긴다!
모든 것이 슬로모션이고 나의 표정엔 IQ가 없다.

내 몸뚱아리는 앉아 있는데,
내 영혼은 그녀의 발걸음 앞으로 꽃잎을 뿌리며 함께 떠나간다.
시험이 문제가 아니다, 까짓것 한 학기 더 들으면 된다.

나는 어찌해야 하는가!

Trouble
by 토끼 (이선기, 이환, 형)

original song by
Bei Maejor feat. J.Cole, "Trouble"

Hey,

Hey hey hey

Hey 이보소 죽이는 아가씨

요즘 말로 하면 bagel

with cream cheese yeah

that's what you look like

청바지 so tight

니 발에 Jimmy Choo shoes look so fine

처음 본 순간 심장이 엇박

머릿속이 하얗게 삼 초간 엑박

분홍색 도배하는 애랑은 달라

임자를 찾았어 those Chanel bag

uh huh, I said Chanel bag

방금 pick up해서 띠지도 못한 tag

이 딸랑딸랑 붙어 있는 new Chanel bag

완전 제대로 자극하지 니 성감대

But

I can take you higher, I can take you deeper

너에 대한 감정 나 이미 많이 깊어

어느 정도냐 하면 no make up도 이뻐
너한테서 나는 향기, 나 그게 뭔지 싶어
I'ma find out tonight 불 다 끄고서
탐색하겠어 in slow motion
사소한 거 하나도 안 놓치겠어
in slow~mo~tion~

you so fuckin hot, the fuckin reason why
십이월에도 내 차에 AC 이빠이
you so fuckin chic 신사 가로수길
한가운데서 너만이 당당하게 걷지
yeah you do it so easy
you should be on TV
다른 애들 fake titties, 너가 after 본보기
고민에 고민, what they always doin
시기에 시기, why they always losin
but they'll never figure out
해도 안 된다는 걸
필라테스 요가? 차라리 적금을 들어
너는 들지 마 babe 믿고 나한테 물어
내가 주식 좀 굴려
상당히 급하게 불려
yeah I like finance, yeah you got fine ass
둘이 함께하면 확실한 insurance
아들 둘에 딸 하나 those are my plans
괜찮게 생각한다면 tell me what you can

그저 또 한 덩어리

별 탈 없이 잘 지내는가 싶다가도
갑작스레 모든 것의 전원이 꺼질 때가 있다.

무얼 하고 있고,
다 결국 무슨 소용인지 모르겠다.
어디로 가고 있는지 모르겠다.
어디로 가고 있는지 모르겠다.
다 결국 어떻게 되자고 이러고 있는지 모르겠단 말이다.

다니고 싶지도 않은 학교에서 받는 스트레스, 타지에 나와 있고 싶다는 핑계에서
비롯되는 스트레스는 내가 왜 감당하고 있는 것인지 몰라 다 때려치고 싶다가도,
고향으로 돌아간다거나 휴식을 취한다고 해서 해결될 건 아무것도 없다.

사람들이 흔히 말하는 '다 먹고 살자고 하는 짓'은 한낱 코믹같은 말.
우리는 아마도 '다 만족할 때까지 하자고 하는 짓'일 텐데
만족의 순간이 시간 사이에 낀 한지같이 얇아,
고작 책 한 권 완성하는 것이 너무 어렵다.

어디로 가고 있는지 모르겠다.
내가 하는 공부는 씨발 무슨 소용일까.
내가 너에게 보낸 마음은 왜 답변이 없을까.
내가 너에게 받은 선물은 어디에 보관해야 할까.
자꾸만 머릿속에 정보를 더 넣으려는 세상은 대체 뭘 기대하는 걸까. 속물?
어느 날 집에 돌아왔는데 집안이 도둑 맞아 텅 비고 나의 체취만이 남아 있다면

그런 드라마틱한 절망을 겪는다면,
그런다면 전부 다 내려놓거나 아니면 반대로 치솟는 생기를 느낄 수 있을까.

내 꿈의 내용은 그대로인데,
시간이 흐르고 보니
그 꿈이 어느덧 추상화 코너에 걸려 있다.
이젠 내 꿈을 설명할 친구도 없다.
모두 반만 듣고는 이미 나에게 현실의 직시를 요구한다.
가만히 꾹 누른 펜 볼에서 슬프게 번져나가는 잉크같이,
다 결국 어떻게 되자고 이러고 있는지 모르겠단 말이다.

사람 손맛의 마지막 챕터였던 19세기 말에 태어나
멀리 떨어져 있는 친구에게 보고 싶은 마음을 집필하여 붙이는 것이 세상에서 가장
집중되고 중요한 일인 곳에서 살거나
아니면 30대 초반을 80년대 뉴욕 미술전 종파티에서 마약과 더러운 섹스에 쩔어
보냈으면 하는 상상도 한다.

그때라면 그래도 이 세상에 낭만이 남아 있을 때가 아니었나 싶다.

꿈이 이루고 싶다가도,
막연하게 미래로 떠밀려나가기 불쾌할 때가 있다.

그리고 그런 날이면,
보고 싶은 사람은 늘 곁에 없다.

————————

하지만 한 시기를 통째로 본다면,
나는 요즘 분명 비교적 꽤 잘 지내고 있다.
그냥 가끔씩 심하게 체할 뿐이다.

코앞에서 피지 않은 꽃

당신과의 첫키스는 첫키스답고 싶어, 함부로 꺼내지 않고 오랜 시간 주머니 속에서 상상으로만 만지작거렸다. 누군가와의 첫키스가 첫키스같이 느껴지는 것은 내 삶에 더 이상 없을 것 같은 느낌이었지만, 당신과의 대화는 분명 나를 과거만큼 소심하고 신중하게 만들었다. 나는 당신과 사랑에 빠진 것도 아니면서, 술김에 입술을 내밀 기회가 오자 당신을 다른 여자들과 다르게 대해야겠다는 생각이 들었다. 나의 일상보다 너무나 확연하게 고상한 당신에게 흑심을 갖고 내 식대로 밀어붙이고 싶지 않았던 것이다. 호감 단계에서 육체적 욕망을 기교 부려, 둘 사이에 아직 발굴되지 않은 무한한 가능성을 급하게 태우고 싶지 않았다. 내가 노력하여 적절한 타이밍을 만드는 것은 작업이지만, 상황이 자연스레 적절한 타이밍이 될 때까지 기다리는 것은 순수한 진심이다. 그렇다, 난 당신과의 키스를 상상하다가 당신을 아끼게 되었다.

그리고 더 나아가,
당신과 첫섹스를 한다면 그것은 원나잇이고 싶지 않았다. 속궁합이 어떨지도 모르면서 나는 당신과 순간적 쾌락을 계획하기보단 미래적 낭만을 계획하고 싶었다. 앞으로 당신과 나의 사이를 보는 듯한 예고편 말이다. 첫잠자리는 적당히 관능적일 뿐 그 이상으로 야하고 싶지 않았으며, 무엇보다도 행위로써가 아닌, 언어의 한계 너머에 눈마주침으로 상상하였다. 육체적 쾌락의 절정인 행위 한가운데서 육체를 망각하고 감정적 음악의 형상이고 싶었다.

아직도 그렇다.
나는 온 세상이 입을 닥치는 키스를 생각하다 보면,
혹은 부드러운 촉감이 공허한 아침에 누워 있다 보면,
당신이 날 바라보던 호기심 가득한 얼굴부터 떠올린다.

훗날에도 내가 당신과 아무 일이 없다면
아마도
당신은 내 안에서 영원토록
피기 직전의 꽃으로 남아 있을 것이다.

그리고 나는, 삶이 건조해 마음이 틀 때면
아마도
그 피다 만 꽃을 내 마음대로 완성하며
아쉬워할 것이다.

안달

나는 부자가 되고 싶어서 안달이 난 것이 아니다.
유명해지고 싶어서 안달이 난 것도 아니고,
멋있고 싶어서 안달이 난 것도 아니다.
사람들이 흔히 말하는 성공의 기준으로 성공하고 싶어서 안달이 난 것도 아니며,
영화 같은 사랑이 하고 싶어서 안달이 난 것도 아니다.
아름답고 싶어서 안달이 난 것도 아니다.
그리고, 마음의 평화를 찾기 위해서 안달이 난 것도 아니다.

단지
어렸을 적 상상했던 어른,
내가 기대했던 나.

그대로이고 싶어 안달인 것이다.

당신은 누구길래I

수명을 다한 그림자들을 태우거나 액자에 담거나 해야 하는 12월이 오자 나는 내 안에서 마저 피지 않던 당신을 다시 한 번 상상하게 되었다. 나의 기억이 맞다면, 우리는 옷깃을 스치며 호기심에 잔을 한 번 들어봤을 뿐, 서로가 대답을 얻는 추억 같은 것은 없었다. 당신은 세 발자국 뒤에서 나를 맴돌다 뉴욕으로 떠나야 했고, 나는 한 발자국 뒤에서 공식만 검토하다 엘에이로 떠나야 했다.

1년이 흐른 지금, 당신도 나도 1년 전 그 안개 덮인 숲 속으로 돌아왔다. 당신은 분명히 내 주변에 있지만 난 당신을 감지하며 양손으로 안개를 헤매이는 것이 전부. 당신이 어디에 있는지 모르겠다. 그저 당신이 발견되지 않은 보물섬같이 아주 가까이서 엇갈리고 있음을 감지할 뿐이다.

12월이 오자 당신을 다시 한 번 상상하게 되었다.

문자로 무얼 하는 중이냐고 물었더니 강아지들과 눈싸움을 했다고 답변이 하나 왔다. 나는 붓을 꺼내 들어본다. 눈이 덮인 넓은 마당, 베개싸움을 하는 한국적이게 생긴 개 두 마리, 기억이 한때 새겨진 발자국들, 그리고 소박함에 눈웃음 치고 있는 당신. 마치, 살아온 날들로 인해 인자한 외로움이 되어 버린 듯한.

나는 답변을 하지 않았다. 당신은 문자조차 닿지 못할 거리에 있는 듯했다. 실제로도, 그리고 낭만적으로도. 마치 나와 다른 행성에 가 있거나 아니면 사랑이 넘치는 일본 로맨스 영화의 흔적이 되어 버린 나만의 지나친 상상 같았다.

그리고 난 그 상상 속에서 장님이라도 된 듯 함부로 출구를 찾지 못했다.

12월이 오자 당신을 다시 한 번 상상하게 되었다.

아마도 겨울방학이 끝나기 전에 한 번쯤은 당신이 서울에 올라올 것이다. 한 번쯤은 서로 질문을 더하고 향기를 더 맡을 수 있을 것이다. 한 번쯤은 내 상상 속의 주연인 당신을 얼굴 앞에서 느낄 것이다.

그리고 아마 비에 젖을 것이다. 당신이 내 상상 속에서 지나치게 미화되어 백합의 형상을 하고 있었음을. 그리고 마찬가지로 당신도 나를 지나치게 미화시키고 있었음을.

하지만 그럼에도 불구하고
비에 젖은 후,

다음번엔 팔짱을 끼고 같이 눈을 맞고 싶을 듯하다.
물속에서 키스하고 나와 같이 피렌체라도 여행가고 싶을 듯하다.
그런 사이이고 싶을 듯하기도 하고,
그런 사이가 아니고 싶을 듯하기도 하다.

나도 잘 모르겠다.

무언의 말

봉입 된 채 그대로 돌아온 수천 통의 편지.
그중엔 돌아와 다행인 것도,
다시 보내야 할 것도.

하고 싶은 말이 있다기 보단, 전부 엎지르고 싶었네.
산불이 될 뻔했던 불씨의 아쉬움도
이미 휩쓸고 간 산불 구경을 놓친 꼬마의 아쉬움도.

마지막으로 나의 눈빛만을 집필하였네.
그대에게 외치지 않고 바다에 띄운 편지
이번엔 수신을 장담하리.

미지를 떠다니는 언어, 그리고 눈빛
기다림의 낭떠러지를 향한 탐험
이번엔 수신을 장담하리.

커피와 담배

뻐끔모금
뻐끔모금
내 안으로 들어와,
나는 하루 옆으로 나와
쓸쓸함을 날씨 삼아
그 밑에 선잠 자다
낡은 것들의 어깨라도 부딪치리

뻐끔모금
뻐끔모금
내 밖으로 나가,
나는 약속 후문으로 나와
시간을 돗자리 삼아
그 위에 뒹굴다
여유에 맞춰 춤이라도 추리

1. 사랑에 더이상 편하게 빠지지 못하게 된다

사랑에 대한 엄청난 추억을 간직하고
또 그것이 무산되는 웅장한 기억을 못 잊으며
우리는 알게 모르게 마음이 문신으로 가득한
상처와 기록을 남긴다.

나이가 들수록,
사랑의 가능성은 멸종위기같이 희박해지지만서도
외로움은 더 뜨거워져 사람들은 감정 없는 섹스를 시작한다.
그렇게 쿨한 척하며 속옷을 내던진 섹스는
많은 이야기와 드라마와 얽혀버리며
양쪽 다 안 그런 척하지만,
사실 모든 것을 바꿔 놓는다.

하지만 솔로일 땐 아무렴 좋다.

그렇게 외로움을 쿨한 척 가리며 살다가 어느 날
그토록 찾던 미래의 꽃이
예상치 못한 곳에서 가슴에 선빵을 날린다.

자신이 알고 있는 그 어떤 이성보다도 이 이성이 우월하게 좋으며,
자신이 다시 한 번 사랑에 빠지는 건가 하는 위험한 설렘이 돈다.
그리고 그 긴장을 의식하며 모든 것은 자연스럽지 않아진다.
전에도 이 영원할 것 같은 강렬함에 빠진 적이 있으며,

전에도 이 영원할 것 같은 강렬함이 증발한 적이 있다.

감정에 매료돼야 할 터인데,
어쩔 수 없이 생각에 빠진다.
그 와중에 나이는 들었다는 핑계로
섹스는 대화같이 한다.

인정하든 안 하든, 전의 사랑들과 비교해본다. 그 순수함과 비교해본다.
자신의 처지를 본다. 상대의 처지와 비교해본다.
속물적인 생각도 시끄러운 주변 때문에 해본다.

닥치고 사랑에 집중하면 될 것이.
이젠,
자신의 자유롭던 과거를 한 번 훑었다, 자신의 불안한 미래를 급하게 한 번 재계획하고,
현재를 삼십 번 검토하다가 감정이 생각이 되고 생각이 집착이 되고
집착이 두려움 되어

사랑에 더 이상 편하게 빠지지 못하게 된다.

사랑인지 아닌지 확신이 서질 않는다.
사랑이 무엇인지도 모르겠으며
모든 것을 다 해줄 수 있을 것 같다가도
미래를 약속하는 중요한 순간에 자신의 희생을 최소화하려는 비린내가 난다.

영원하지 못할 거라면 지금 당장 나누고 있는 행복이

242

한낱 쾌락이 연장되어 주는 유통기한 있는 즐거움에 불과한 것이 아닌가 싶어
큰 의미를 두지 않고 흘러가는 대로 냅두려다가도
진실하고 책임감 있게 행동하지 않는다면 관계가 걷잡을 수 없이 이탈하려 하기도 한다.

미치도록 사랑한다 말하다가도 돌아오는 차가운 반응 하나에
모든 열정과 생각들이 그저 불안하게 식으며,
종양같이 뻗어나가는 안 좋은 생각들에 정복당하다가도
같이 나누는 애정 담긴 편안한 웃음 한 번에
다시 이사람과 평생 이렇게 함께 살고 싶기도 한다.

나이가 들수록,
영원함에 대한 불신과 영원하고 싶은 바람 사이의 다툼은 커져
사랑은 조울증에 걸려버린다.

그리고 대부분의 현대인은
그 버거운 갈등의 조율이 부담스러워
그저 사랑인 척하는 연애만을 한다.

너에게 하는 거의 모든 말 [Secret Remix]

미안해**아.

내가 너라면 진절머리 날 것 같아. 아무것도 확실하게 표현하지 못하는 나한테.

너가 나를 얼마나 생각하고 있는지는 사실 잘 모르겠지만,

적어도 내가 너를 생각하는 것만큼은 나를 생각한다면

너도 많이 답답할 것 같아.

나는 너무나 오랫동안 혼자였어.

사랑에 있어서 늘 그 누구보다도 신중했기에 번쩍이는 호감으로 누군가의 손을 대뜸 잡고는 달력에 표시하는 짓은 하지 않았지. 사랑이란 게 고상한 감정인만큼 늘 고급스럽게 다뤘고, 나름 자부심도 있었지. 하지만 나의 이런 까다로운 성격은 결국 나를 지나치게 오랜 시간 동안 연애라는 사적인 교감에 함부로 뛰어들지 못하게 만들었어. 외로움을 친구들 사이에서 해소하고, 성욕을 가까운 여자들에게 쏟아부었어. 누군가에게 번쩍하는 순수한 매력을 느끼기 시작하면 다가가기보다 관찰했고, 모든 것이 결국 예상대로 실망인 것에 언제나 혼자임을 지켰어. 그러다 너를 만난 거야. 관찰할 시간조차 주지 않고 멀리 떨어져버리고, 그 후로도 계속해서 떨어져 있는 너. 지난 일 년간 너는 내 인생에서 유일하게 낭만적이게 들어와 있는 여자였어. 내가 어느 여자와 즐거운 시간을 보낸들, 그들은 너가 내 안에서 자리 잡고 있는 독보적인 자리엔 얼씬도 못했어.

나는 너의 고상함이 좋아. 너만이 하고 싶은 것이 있어 그것을 위해 치열하게 노력하는 너가 좋아. 좋아하는 것과 싫어하는 것이 분명한 너가 좋아. 낭만과 예술을 소통할 수 있는 너가 좋아. 소박한 생활을 하며 가끔씩 사람이 어렵다며 자연과 가까워지고 싶다던 너가 좋아. 내가 하는 말에 가끔씩 당황하는 기색이 수화기 너머로 전해지는

너가 좋아. 나를 호기심 가득한 눈빛으로 보던 너의 얼굴이 좋아. 영어문법 다 틀려가면서도 영어가 늘고 싶다며 굳이 영어로 대화하려는 너가 좋아. 시골에서 올라온 너의 순수함이 좋아. 홀로 미술관을 둘러보고 있다던 너가 좋아. 사람들이 북적이는 자리를 때로는 낯설어 할 너가 좋아. 내가 연락을 한동안 받지 않아도 다시 먼저 연락해주는 너가 좋아. 그림이 안 그려질 때 뾰루퉁하게 앉아서 무서운 표정을 짓고 있을 너가 좋아. 나의 글이 솔직해서 좋다던 너가 좋아. 미술관에서 마음에 드는 남자에게 먼저 다가가 말을 걸었다는 너가 좋아. 그 남자와 잤다는 걸 나한테 말할 수 있는 너가 좋아. 캬라멜 색 코트를 입고 멀리서 나타나 바로 팔짱부터 끼던 너가 좋아. 나에게 만나서 반갑다며 노트 쪼가리에 휘갈겨 써 넘겨준 쪽지가 좋아. 혼자 보내는 시간이 많은 너가 좋아. 대중문화를 싫어해서가 아니라, 단순히 별로 관심이 없어서 잘 몰라 하는 너가 좋아. '**'이라는 이름이 좋아. '**'과 '**'의 발음을 합쳐서 '**'라 부르기 시작했는데, 실제로 너가 백합꽃을 닮아서 좋아. 시간을 낭비하는 게 싫다며 언제나 행동하고 있는 너가 좋아. 아닌 척하면서 은근히 가슴이 강조되는 옷을 입는 너가 좋아. 나보다 작은 키에 너무 이쁜 몸을 갖고 있는 너가 좋아. 민망해하며 웃을 때 티가 나는 너가 좋아. 나는 너의 고급스러움이 좋아. 그리고 너의 그림이 좋아.

가끔은 나른한 오후에 책상에 앉아 무언가를 하다가 너가 생각날 때면, 너와 함께했으면 하는 것들을 상상하는 것에 더 빠지고 싶어서 하던 것을 멈추고 일부러 소파에 눕기도 해. 소파에 몸을 편히 눕히고, 눈을 살며시 감고, 깍지 낀 팔로 머리를 베고는 꽤 오랜 시간 너를 상상해. 너가 창문으로 다 보이는 내 옆 아파트 이웃으로 이사 오는 상상. 싼타모니카 해변에서 산책을 하고 저녁을 먹으며 노을을 보는 상상. 수다 떨며 미술관을 누비는 상상. 쇼핑하러 가서는 둘다 마음에 쏙 드는 것을 딱 하나씩만 건지고 돌아와 들뜬 기분으로 꾸미고 나와 외식을 하며 술을 마시는 상상. 몽롱한 오후에 Daft Punk의 *Something about us*같은 섹스를 하고 침대 위에서 뒹굴며 시간을 감미롭게 낭비하는 상상. 내가 하두 졸라서 마지못해 너의 누드를 그리게끔 허락하는 상상. 차를 타고 가까운 자연으로 짧은 여행을 떠나는 상상. 날 잡고 야식을 먹으며 밤새도록 프로젝터로 영화를 보며 떠드는 상상. 서로의 작품을 서슴없이 크리틱

해주면서 보충해주는 상상. 클럽에 데리고 가서 뻘쭘하게 서 있는 너를 돌며 춤추는 상상. 그림 그리고 있는 너에게 다가가 키스를 하는 상상. 소파 위에 누워 있는 나의 위로 누우며 나를 숨 막히게 하는 상상. 서로로 인해 더 아름다운 존재가 되는 상상. 말 그대로, 너와 사귀는 상상.

나는 연애가 무서워. 나의 사생활은 너무나 개인적이게 되어 버려 누군가와 공유한다는 것 자체가 불안하고 사실 그 방법조차 이젠 전혀 모르겠어. 남자친구로서의 도리 같은 것은 내 기억 너무 멀리에 희미하게 형태만 남아서 나도 잘 가늠할 수가 없어. 그리고 또, 누군가와 사랑에 빠져 시작한 연애가 아니라 누군가에게 단지 아주 특별한 호감과 매력을 느껴 시작한 연애라면, 나의 마음이 오랫동안 지속될 거라는 보장을 할 수가 없었어. 그 애매한 위치에서 연애를 시작하여 점점 더 상대방에게 빠지는 것이 아니고 바로 점점 더 흥미를 잃어가면 어떡하지에 대한 두려움이 있던 거야. 많은 또래 아이들이 그냥 그렇게 연애를 시작하지만, 나는 핵폭탄같이 터지는 듯한 사랑 외엔 연애를 해본 적이 없어서 어떤 면에선 굉장히 경험이 없기도 해.
하지만 그럼에도 불구하고, 만약 너가 곁에 있었다면 아마도 너가 나의 오랜 독백의 마침표가 되어줄 사람이 아니었을까 싶어. 내가 무언가를 계산하고 자꾸 겁먹어 시작을 망설일 틈도 없이 자연스레 너를 사랑하게 되지 않았을까 해. 그리고 그렇게만 된다면 너가 나를 향한 마음이 어떻든 나는 상관없이 너에게 감동적인 사람이 되기 위해 할 수 있는 모든 것을 다 했을 꺼야.

.

.

.

secret

.

.

.

아침에 술기운에 너와 통화를 했어. 너는 내가 생각하고 있던 것보다 이미 너무 현실적인 것을 바라고 있더라. 결혼할 상대, 그리고 안정적인 정착. 아무래도 그런 것을 상상하고 있는 너에게 내가 적합한 사람이 아닌 것은 사실인 것 같아. 적어도 지금은. 나는 아마도 여태까지 살아온 날들보다도 앞으로 살아갈 날들이 더 치열하고 정신 없을 사람이야. 결혼 같은 것은 어떻게 될지 모르겠지만, 지금 연애조차 수월하게 할 수 있을지 몰라 하는 나로서 결혼은 너무나 멀고 생각의 엄두조차 낼 수 없는 것 중 하나이기도 해. 관심 밖이기도 하고. 사실 전화를 끊고 좀 무서웠어, 한편으론 슬프기도 하고. 나와 같은 나이에, 다른 여자들과 달라 나의 영혼에 닿을지도 모른다고 생각한 사람도 이젠 결혼이나 상대방이 얼마나 안정된 삶을 살고 있는지를 무시하지 못하고 연애를 시작해야 한다는 사실에. 여자 입장에서 충분히 그럴 수 있겠다는 생각을 물론 하지만, 동시에 그 사실은 나에게 슬프기도 해. 내가 아직 철이 덜 들어서 그런 건지는 모르겠지만, 나는 아직도 결혼 같은 연애보단 연애 같은 연애를 꿈꾸거든. 사실 결혼과 연애 둘 다 사랑하는 감정으로만 이루어져야 한다는 생각에 그 둘이 어째서 달라야 하는지도 잘 모르겠지만.

결국엔 둘 다 이기적인 거겠지. 둘 다 상대방을 좋아하는 마음이 부족한 걸 수도 있고. 나는 나만의 핑계로 한 번도 뉴욕을 가지 않았고, 너는 너만의 핑계로 한 번도 엘에이에 오지 않았고. 우리는 아마도 우리가 본 것보다 더 많은 날들을 봤을 수 있었을 거야. 아마 한 번쯤은 영화를 보러 간다거나, 혹은 키스도 했을 수 있었을 거야. 얼마 전에 너가 통화로 나에게 만약 너가 엘에이에 온다면 나를 친구로 생각한 채로 왔다가 갈 수 없을 것 같다 했었어. 그리고 그 며칠 후에 너는 나에게 카톡으로 "정말 내가 엘에이를 갔으면 좋겠어? 아니지?"라고도 했고. 순간 많은 생각들이 밀려왔었어. 나는 정말로, 작년 1월에 내가 처음 엘에이에 와서 집도 구하기 전 호텔방에서 너와 처음 통화를 한 순간부터 한순간도 빠짐없이 너가 너무나 엘에이에 왔으면 했어. 너가 일 때문에 샌프란시스코까지 왔을 땐, 목발을 짚은 채로 기차를 타고 너의 전시가 여는 곳에 깜짝

놀랄 만 하게 갑자기 나타나기 위해 모든 것을 다 알아봤었고. 의자에서 일어나려면 30초가 걸리던 땐데 나는 목발만 있으면 어쨌든 걸을 수는 있다는 생각에 조금 더 가까이에 있는 너한테 너무 가고 싶었어. 하지만 기차와 버스를 번갈아 갈아타며 가는 데만 대략 하루가 걸리는 여행을 하는 건 몸이 도저히 감당 못할 짓이더라고. 전시가 끝나고 여유가 생기는 날에 엘에이에 올 수 있으면 오겠다는 너의 말에 나는 한창 우리 집에 매일 찾아와 나를 부축해주던 친구들을 모두 내쫓고 하루 종일 창문 뒤에서 너가 오기만을 기다렸어. 하지만 상상이 언제나 그렇듯이, 시나리오대로 이루어지지 않고 너는 이미 뉴욕으로 돌아가서는 나에게 연락을 했었지. 그땐 슬펐어. 너는 내가 너를 보고 싶어 하는 것만큼 나를 보고 싶어 하지 않는다는 생각에.

.

.

.

secret

.

.

.

너에 대한 감정은 지난 시간 동안 부풀어 올랐다가 수축됐다가를 여러 번 반복했고, 지금은 아마도 요 며칠 사이에 많이 부풀어 있는 상태인 것 같아. 너가 생각나서 시험공부가 잘 안 되고 아침마다 침대에서 너를 찾으니. 진지하게 집중하면서 생각을 해봤어. 너와 나 사이를.

그러다가 문득, 수화기 너머로 말했듯이, 생각이 들었어. 너와 나는 결국 상상으로 시작해서 상상으로 끝날 사이가 될 것 같다고. 슬픈 생각이었지만, 다른 가능성이 없어 보이더라고. 나는 이곳에 묶여 있고, 너는 이곳이 아닌 곳에서 너 할 일을 쫓아 바빠야 하고, 우리는 현실적으로 알아갈 기회가 없어 보이더라고. 그리고 그런 거라면, 과연 나는 가만히 놔두기만 하면 알아서 부풀어 오르는 너를 향한 마음을 냅두는 게 맞는 것일지, 아니면 내가 일부러라도 나의 마음을 식혀야 하는 것일지…
만날 수가 없다면 더 커지기 전에 식히는 게 맞겠지?
우리가 이미 만나는 중에 육체적으로 떨어지게 된 거라면 감당할 수 있겠지만, 언제나 그래 왔고, 가장 끈적하게 붙어 있어야 할 시작부터 떨어져 있다면 그건 너무나 잔인한 관계의 시작이 아닐까 싶어.

워드 창을 켜고 너에게 할 말을 모조리 써내려 가야겠다고 생각했을 때까지만 해도 글이 이렇게 길어질 줄은 몰랐어. 구차하고 촌스럽게 한마디 한마디 전부 말하는 것 같아 창피하기도 해. 내가 정말 하고 싶던 말은, 더 이상 애매하게 병신같이 갈팡질팡하면서 너를 답답하게 하지 않겠다는 말이었던 것 같아. 가만히 있으면 불완전한 나의 마음을 내가 일부러라도 의식해서 너를 끊어야 할 것 같아. 웃기지? 사귄 적도, 제대로 안 적도 없는데 꼭 이별편지를 쓰는 것만 같아. 너랑 안 기간 동안, 너와의 추억이 있다기보단, 너를 미치도록 궁금해하고 보고 싶어 한 시간이 전부인 것 같아 너무 아쉬워. 내가 애써 너를 향한 마음을 식히겠다고 해봤자 너는 무언중에 내 안에서 꽤 오랫동안 계속 낭만의 수영을 칠 것이 뻔하니까. 가까운 미래 말고, 먼 미래에 어떤 관계로든 너를 언젠간 제대로 알게 될 수 있으리라 믿고 싶어.

**아, 모든 것이 다 잘됐으면 좋겠어.
너는 내가 독백의 기간 동안 만난 여자 중 가장 특별한 여자였어.
잘 지내.

.

.

.

secret

.

.

.

어쩔 수 없나봐.

사랑이

사랑이 밥을 먹여주진 않지만,
밥을 벌 동기는 되어 준다.
사랑이 편리함을 주진 않지만,
삶의 안식처는 되어 준다.
사랑이 삶의 답을 주진 않지만,
삶의 이유는 되어 준다.

That Bitch

아름다움을 쫓아가다,
필연 같은 실수같이 우울해지곤 한다.

집안에서 무언가 혼자 집중하고 있다가,
랜덤재생 해 놓은 재생목록에
Carol Kidd의 *When I Dream* 같은 음악이 문득 흐르면
잠깐씩 모든 것이 정지되고, 나는 그 음악이 흐르는 정적 안에서
속삭임을 연속으로 듣는다.

"모든 것은 너무나 당연히 아름다울 수 있으리"

"모든 것은 너무나 금방 우울할 수 있으리"

껌의 단맛같이 금방 없어지는 아름다움의 감성 그 뒤에,
함부로 뱉지도 삼키지도 못하는 우울함이 너무나 편히 손잡고 있다.
심지어 가끔은, 은연중에 날리던 아름다움을 의식하는 동시에 그 매력이
허무함이나 답답함으로 변질되어 남는 거라곤
움켰다 편 손뺨 위에서 흐르는 모래 따위와
발정난 개 마냥 두서없이 날뛰는 잡생각밖에 없을 때도 있다.

나를 그토록 쉽게 매혹시키고 그렇게 금방 떠나가며,
자기가 바람을 타러 떠나는 대신 자기 친구를 만나고 있으라며
염치없이 우울함과 바톤터치 하고 사라지는 아름다움.

그리고 내 마음을 안방 삼아
예의 없을 만큼 자리를 오래 지키는 그 친구.

하지만
아름다움의 친구가 얼마나 못생겼든

아름다움을 추구하는 마음,
그 쌍년 없이 못산다.

아름다운 사람

우울하라는 것은 아니지만,
아름다운 사람은 분명
우울할 줄도 아는 사람일 것이다.

현대인들은 너무나 쉽게 생각하는 것만을 좋아한다.
아니, 생각하기를 싫어한다.
베스트셀러 책들은 모두 말초적인 긍정만을 말하고,
흥행하는 영화들은 모두 싸구려 감동만을 찍는다.
그리고 SNS엔 온통 3초짜리 웃음뿐이다.
하지만 그것이 현실의 진실이 아님은 우리 모두 알지 않는가?

삶에 진정으로 충실하고
자신을 진정으로 깨우치기 위해선
각자가 겪고 느끼는 감정과,
개인적으로 궁극에 걸어 놓은 이상적 꿈에 더욱 솔직해야 한다.

인생을 간단하게 빛과 어둠으로 나눴을 때,
교훈은 빛에만 있는 것이 아니다.
너무나 많은 사람들이 빛의 희망찬 화기애애함만을 수용하고
어둠의 진지함을 외면하려 한다.

하지만 밝은 빛만 보면 장님이 되는 법.

그것은 삶의 긍정을 향한 태도가 아니라,

삶의 진실함을 기피하는 태도이다.

삶엔 분명히 빛만 있지도 어둠만 있지도 않다.

탄생과 죽음

행복과 슬픔

희망과 절망

사랑과 증오

만남과 이별

진실과 거짓

콩깍지와 권태

만족과 불만족

그리고

첫잔의 기대와 막잔의 아쉬움,

인간은 욕심쟁이로 태어난 이상 빛을 바라고 행복을 건축하려거나 구걸하기 마련이다.

하지만

그것은 사는 동안 영원히 추구하는 자세일 뿐이다.

행복이란 그 빛을 향해 가는 길 위에서 맞는 소나기 같은 짧은 전율인 것이지,

영원한 행복이 어떠한 도달할 수 있는 목적지가 아니라는 것이다.

꽤나 오랫동안 지속되는 행복의 장마는 물론 있을 수 있다.

하지만 장마도 끈적한 날과 함께 끝나기 마련,

그것은 영원한 기후가 아니다.

영원한 행복이 없다면,

해야 할 것은 삶을 있는 그대로 솔직하게 받아들이는 것이다.

자신에게 긍정적인 희망만을 최면 걸며 현실의 야속함을 외면하는 것은

한 번 사는 인생에 대한 구라다.

낙천주의는 일기에 쓸 말이 많지 않을 것이다.

사람이라면,
그래도 어느 날엔간
울상인 것이 더욱 아름답다.

무슨 사건이 있던 것도 아닌데 이따금씩
가슴이 아련해 심장에서부터 퍼지는 진동으로 인한 괴로움.
그리고 그 안에 깊은 아름다움.
그것 또한 마주하고 인식할 줄 알아야 하며,
그것을 남에게 이야기할 줄 알면 더욱 좋다.
그때서만이 자신 옆에서 평생 자신의 발라드를 들어줄 사람을 알아볼 수 있기
때문이다.
하지만 그런 남에게 이해받기 위함을 떠나서라도,
삶에 깔려 있는 우울함, 허무함, 외로움, 괴로움을 직시할 줄 아는 용기와 솔직함이
있을 때야 비로소
자신을 깨우치고 자신답게 살 수 있게 되는 것이다.
삶은 말 그대로 빛과 어둠을 모두 균형 되게 수용하고 있기 때문이다.

사탕 그림이 수두룩한 동화 같은 이야기만을 갈구하는 사람이나,
낭만을 포기하고 현실의 직시라는 가면 뒤에서 출퇴근만을 하는 사람은
대중이 밀치는 대로 밀려가다 늙는 사람일 뿐이다.
자신에게 주어진 한 번뿐인 삶을 마치 무리의 것인 마냥
눈치부터 보는 사람. 안일하게 사는 사람.
충분히 생각하지 않는 사람.
느끼지 못하는 사람.
주관이 없는 사람.

얕은 사람.

불행하라는 말이 아니다.
행복해선 안 된다는 말도 아니다.
행복과 슬픔을 모두 수집할 줄 알아야 진정한 사람이란 것이다.
그때서야 비로소,
자신만의 세계가 완성되는
삶의 본분을 다하는
아름다운 사람이란 것이다.

이 두서없는 글을, 무슨 말인지
느낌으로 이해하길 바란다.

13월

뭘 하고 싶은가?
갈 길은 여전히 너무나 먼데. 아니,
전보다도 더 멀어진 듯한데
사회는 나에게 지금 당장 뭘 할지 결정하고 심지어
지금 당장 그것이 되기를 요구하는 듯하다.
숨이 막히다 이젠 생각이 막힌다.

조금 더 오래 젊고 싶다.
매년 엑셀 위에서 무거워지는 시간은 더 이상 내가 세상을 똑바로 관람할 수 없을
만큼 빨라졌다. 나의 경험들이 추억이 될 겨를을 주지 않고 떠나며, 내 주머니 속에서
만져지는 부드러운 것들은 모두 어렸을 적 이야기들뿐이다.
하지만 나는 이제 와서야 세상을 한 번 제대로 보고 싶다.
학창시절보다 조금 더 성숙해진, 혹은 머리가 커진 지금에서 조금 더 여유 부리며
세상을 다시 한 번 탐구하고 싶다. 어렸을 적 잔디밭 사이에서 발견하여 관찰했던
개미들처럼 이제야 이것저것 만져보고 들여다보고 배우고 싶다.
중고등학교에서 배운 것들은 지나가버린 시험날짜와 함께 거의 기억이 나질 않고,
하필이면 나를 자극하는 것들은 전부 생소한 것들이다.
건방진 청춘을 달리다 숨이 차 속력을 줄이며 나는 알았다.
내가 세상에 대해 아는 것은 거의 없으며, 그동안 수업시간에 배운 것들은 나의
무의식을 건축했을 뿐이지, 사실상 살아가는 데 거의 쓸모가 없는 것들이란 것을.
모든 것은 주입식에 의해 내 안으로 습격했지, 온전히 나에서 비롯된 배움은 이제야
입춘이다.
한평생 꿈이 있다고 떠벌리고 다니다가 이십 대 중반이 되자 아무것도 모르겠다.

나는 내가 뭘 하고 싶은지 알기엔 아직 아는 것이 너무 없다.

내 마음대로 고른 책을 펼치고
그 어느 시험을 위해서도 아닌, 내 마음을 자극하는 것들에 밑줄을 긋고 싶다. 그리고
다음 주 월요일이 온다면 친구와 숲을 걷다 적당한 곳에서 돗자리를 깔고 음악을
피워 술을 마시며 토론하고 싶다. 화요일도 온다면 내가 관심 있어 하는 주제의 강의를
듣고 싶다. 차를 타고 4박 5일 국내여행을 떠나고 돌아와 서점에서 반나절을 서성이며
세상을 조각낸 표지들과 첫마디들을 수집하며 생각에 빠져보고싶다. 아니, 그 느낌에
빠져보고 싶다. 잠이 든다면, 꿈에서 내가 깨어 있는 동안 했던 상상들을 미리 겪어보고
싶다.
그리고 물론, 주말엔 꽐라되어 골반을 흔들고 싶다.

그렇게 내가 뭘 하고 싶고 뭐가 되고 싶은지를 스트레스 없이 고심할 수 있는 시기가
인생에 포함되어 있었으면 좋겠다.
하지만 스트레스에서 자유롭기란 거의 불가능하다.
젊은이는 빈둥거려도, 최선을 다해도,
어딘가엔 지각했거나 결석했다는 꾸중을 듣기 마련이다.
주변은 온통 어딘가에 종속되어 있는 삶을 요구하고,
그렇지 못하면 실패자 같아 보이는 취급을 하거나 혹은
정말 실패자로 만들기도 한다.

가끔은
내가 뭘 하고 싶은지 모르겠으면서도, 한 가지 확실한 건 내가 지금 하고 있는 것들과
가고 있는 길만은 틀렸다는 확신이고,
또 다른 때는
내가 뭘 하고 싶은지 정확히 알면서도, 어디서부터 뭘 해야 할지 모르겠고 막상 그것을

파고 들 정도의 열정이 안 느껴져 혼란스럽기도 하다.

주변을 둘러보면 사실 나와 별 다를 바도 없는데

그냥 막연하게 차라리 그들이 부럽다가 불을 끄곤 한다.

내가 하고 있던 고민과 느끼던 불안을 누군가 나에게 똑같이 고민상담 하듯이

다가오면 나는 참 잘도 답변해준다.

마치 나는 이미 나의 불안을 감당하고 있는 성인처럼.

나는 나 자신에게도 전혀 효능이 없는 약을

알고 있다는 이유만으로 참 잘도 포장해준다.

앞으로 어떻게 될까?

나는 어떻게 되고, 뭐가 될까?

내가 어렸을 적부터 그토록 하고 싶다 했던 것들은 정말 내가 지금도 가장 하고 싶은

것들일까? 그리고 나는 그것으로 내가 얻고 싶던 것들을 얻을 수 있을까?

아,

내가 얻고 싶은 것은 무엇이었지?

아,

이런 고민을 하기엔 너무 늙었나?

하지만 난 아직도 아무것도 준비된 게 없다.

사회는 언제나, 내가 지금 당장 무언가가 되어 있길 바란다.

하지만 나는,

시간이 더 필요하다.

사는 것처럼 살아라

오늘 당장
남대문이 열린 듯 문란하기도, 잠옷이 턱시도인 듯 품위 있기도
주관이 사전같이 확실하기도, 생각이 잡지같이 자유롭기도
감정이 이상한 나라처럼 풍부하기도, 한 가지에만 섹스같이 몰입하기도
가진 것이 귀족같이 풍족한 척하기도, 간절함을 거지같이 티 내기도
존경을 받기도, 존중을 하기도
세상을 스펀지같이 흡수하기도, 자신을 음악같이 표현하기도
잠시 앉아 생각만 하기도, 겨를도 없이 실행만 하기도
부족한 것을 메꾸기도, 불필요한 것을 버리기도
창문에 금이 가게 웃기도, 바닥에 물이 고이게 울기도
완성한 걸 부수기도, 설명서 없이 조립하기도

호기심에 더해보기도, 재미 삼아 빼보기도
실제보다 미화시켜 회상하기도, 실제보다 오바해서 내다보기도
레이져가 나올 때까지 쳐다만 보기도, 화상 입을 때까지 들이대기도
경주마처럼 시작하기도, 슬램덩크하듯 끝내기도
짝패같이 속이기도, 셰익스피어같이 고백하기도
효도르같이 때리기도, 상대 선수같이 맞아보기도
금요일처럼 사랑받기도, 개처럼 사랑하기도
살자고 죽기도, 죽자고 살기도
하라.

당신이 기억할 수 있는 삶은
오늘이 마지막이다.

당신을 만나다
(당신은 누구길래 II)

"누가 봐도 고백하러 가는 남자인 것이 뛰게,
한 손에 꽃을 들고 너희 집 주변을 서성이며 설레 하던 그 분위기가
생각난다.
반찬을 요리하는 중이라던 너의 연락을 기다리며
루프탑에서 맨하튼의 전경을 한눈에 감상하던 그 길 잃은 시간이
생각난다.
로비에 택배가 도착해 있을 거라는 거짓말로
너를 겨우 집 밖으로 끌어냈을 때의 그 희열이
생각난다.
너의 등장을 숨어 지켜보고,
긴장을 가라앉히기 위해 내뱉은 그 웅장한 숨이
생각난다.
드디어 만난다는 설렘과 함께
떨리는 "Hello"로 너의 등을 돌리던 그 마법이
생각난다.
예상치 못한 나를 보자마자
얼굴이 빨개지며 숨을 쥐구멍을 찾던 **가
생각난다.
그 부끄러워하는 당신이
얼마나 예뻤는지
생각난다.

눈을 한 번 깜빡이니,
어느덧 나는 벌써 여행의 마침표 안에 들어와 있다.
어쩌면 따음표일 수도.

승객이 모두 자리 잡은 비행기가 움직이기 시작하고,
밖으로 보이는 널리 퍼져 있는 뉴욕이
내 뒤로 넘어가기 시작한다."

지난 일주일간 당신 덕에 세상의 전원을 잠시 꺼 놓을 수 있었다.
대륙의 끝과 끝에서 조그만 액정 너머로만 소통을 하던 당신과
드디어 만나
실제를 느끼고, 살을 만지고, 긴 기간의 연락에도 불구하고
막상 앞에서 어색해하는 기류를 실감하며
나는 당신과 추억을 처음으로 촬영하였다.
마음의 준비가 되어서가 아니라,
무작정 보고 싶어서 몰래 계획한 티켓.
사랑해서가 아니라,
사랑할 수 있을 것 같아서 내 마음대로 시작한 여행.
문자와 전화를 그토록 많이 했는데도 불구하고
바로 앞에서 얼굴을 맞대고 한 대화들은
그 어느 디지털 대화와도 달랐다.
당신이 말하는 내용 저편에 숨어 있던 표정과 느낌도 관찰할 수 있었고,
내가 그토록 오래 상상하던 낭만적 접촉이
실제로 어떤지도 느낄 수 있었다.
여행이 끝나는 순간까지도

우리 사이에 확실한 것은 많지 않았다.

하지만 확실한 한 가지는,

당신 같은 여자는 한 번 사는 인생에 함부로 나타나지 않는다.

당신은 나에게 아직도 이세상에

스무살을 넘긴 여자에게 순수함과 지성, 그리고 아름다움이

남아 있음을 귀띔해주는 존재이다.

당신과 가까이에만 있다면,

당신을 체포했을 것이다.

당신이 타고난 도망자라고 한들,

당신을 이기적이게 추격하여 실형을 내렸을 것이다.

그리고 당신을 체포하기 위해 내 안에서 개선하거나 포기해야 하는 것들을

기꺼이 변화시켰을 것.

왜냐하면,

한 번 사는 인생에 가장 중요한 것은

나타났음을 알 때 잡는 것일 테니.

Thus I,

Niked.

운명과 나

내 삶은 운명으로 가고 있는가,
아니면 운명 위에 걷고 있는가.

운명에 도달하자니 시간이 너무 느리고,
이 모든 것이 운명이자니
시간이 너무 빠르다.
그리고 속상하다.

나는 과연 어떻게 되려고 이러고 있는 것인가
아니면
나는 이미 이렇게 된 것일까.

날씨 좋음
by 토끼 (이선기, 이환, 형)

original song by
Mac Miller, "Best Day Ever"

누군 위만 봐, 그래서 항상 꼴찌야
없는 거 포장하느라 오늘도 골치야
도로 좋아해, 근데 밥상엔 멸치야
반찬투정 하는 사이 누군 반지하
에서 구석에 핀 곰팡이를 애써
외면해 왜냐하면 잡는데 또 돈이야
흰 봉투에 만 원짜리 몇 장 있지만
이제 곧 월말이고 길거리는 추우니까
바로 그때, 누군 진짜로 길 한복판
일간지 이불이 추워서 불어 병나발
배식이 없는 날엔 너무 배고파
인생의 남은 날들을 바라보며 한탄
하는 새 누군 마지막 몇 시간을 살아
호흡기에 의존해서 가쁜 숨 쉬어짜
바람이 있었어 이제는 늦었지만
흰 쌀밥 김치에 멸치 반찬
내 골이 제일 깊어 보이겠지만
눈뜨면 no way 절대 그렇지 않아
내 눈에 색안경 때문에 결여된 객관성

벗으니까 좋은 날씨가 나를 반겨

누군 좋은 차 끌고 이쁜 여자 끼고
누군 같은 양말을 세 번째 끼워
같은 잔이지만 서로 다른 술을 비워
불공평해 알어 그래도 오늘 날씨 하난 좋다
날씨 하난 좋다
날씨 하난 좋다
Yeah Yeah Yeah

쥐꼬리만한 월급
못난 상사 얼굴
등 돌리는 친구
깜빡이는 전구
술주정하는 아빠
집 앞에 학원 차
집요한 스팸 문자
불어나는 이자
싫은 것들만 나열해도 2절이 뚝딱
나열한 걸 되새기다 반나절이 훅 가
그렇게 소비한 반나절들이 모여서
반평생 되는 거 한순간
맞아 어쩌면 약간의 과장
하지만 우리 대다수가 근시안적이고
비관론적인 건 that's a fuckin no lie

컵에 물을 봐 반밖에 없잖아
근데 컵을 보는 여유가 특권일 수도
바다 건너편은 죄다 식수 부족
내가 삼다수 마시며 2절 마무리하는
동안 랩 좀 했을 흑꼬마를 아사로 잃어
알아 알아 많이 빡센거
하지만 비었다고 불평할 계좌가 있다는 건
불평하는 수단으로 전화를 쓴다는 건
어떻게 보면 아직은 살만하다는 증거

누군 좋은 차 끌고 이쁜 여자 끼고
누군 같은 양말을 세 번째 끼워
같은 잔이지만 서로 다른 술을 비워
불공평해 알어 그래도 오늘 날씨 하난 좋다
날씨 하난 좋다
날씨 하난 좋다
Yeah Yeah Yeah

어차피 잊혀질 테니, 절망하지 말라는 거다

그렇게 특별하다 믿었던 자신이 평범은커녕 완전히 무능력하다고 느끼는
순간이 있고,
쳐다보는 것만으로도 설레이던 이성으로부터 지루함을 느끼는 순간도 있으며,
분신인 듯 잘 맞던 친구로부터 정이 뚝 떨어지는 순간도 있다.
소름 돋던 노래가 지겨워지는 순간이 있고,
자기가 사랑하는 모든 것이 그저 짝사랑에 불과하다고 느끼는 순간도 있다.
삶에 대한 욕망이나 야망 따위가 시들어 버리는 순간이 있는가 하면,
삶이 치명적일 정도로 무의미하게 다가오는 순간 또한 있다.

우리는 여지것 느꼈던 평생을 간직하고 싶던 순간의 느낌은 무시한 채, 영원할 것같이
아름답고 순수하던 그 감정들이 다 타버려 날아가버리는 순간에만 매달려 절망에
빠지곤 한다.

순간은 지나가도록 약속되어 있고, 지나간 모든 것은 잊혀지기 마련이다.
어차피 잊혀질 모든 만사를 얹고 왜 굳이 이렇게 힘들어 하면서 까지
살아가야 하냐는 게 아니다.

어차피 잊혀질 테니, 절망하지 말라는 거다.

2007. 4. 9.

나는 무라카미 하루키가 아니다

라디오를 듣지도 않는다

You make my heart Boom Boom

희망의 목록

가끔은,

어느 선에서부턴가 갑자기 차가 막히거나 풀렸으면 좋겠고, 나의 오른쪽으로 비가 내리고 왼쪽으로 햇빛이 쨍쨍했으면 좋겠다. 하루쯤은 밤길에 어깨 너머로 달이 쫓아오는 발자국 소리가 들렸으면 좋겠고, 시간이 지날수록 옷이 정말 줄어들었으면 좋겠다. 믿거나 말거나 박물관에서 입을 다물지 못한 채 의심을 했으면 좋겠고, 거짓말엔 선의의 거짓말과 악의의 거짓말 두 가지만 있었으면 좋겠다. 볼일이 있으시다며 나가시는 어머니가 전등이나 조명을 고르러 나가셨으면 좋겠다. 생일파티가 끝나고도 잠들기 전까지 신났으면 좋겠고, 크리스마스 날 새벽 산타클로스가 실수로 떨어트린 화분에 잠에서 깼으면 좋겠다. 가보지 못한 세상 어딘가는 사진만큼 낭만적인 현실이 정지해 있으면 좋겠고, 아프리카엔 빌딩이 없었으면 좋겠다. 사랑에 빠지기 전에 겁이 나지 않았으면 좋겠고, 결혼은 누구나 결국 운명의 반쪽을 만나 행복에 겨워서 꼭 하고 싶어 하는 약속이었으면 좋겠다. 죽음이나 종교보다는 천국 같은 곳만을 기대하고 싶다. 답을 몰라도 어딘가에 답이 있다는 안도감이 들었으면 좋겠고, 그럼에도 불구하고 알아내고 싶은 호기심이 솟구쳤으면 좋겠다. 실제로 미국 대통령이 세계에서 제일 부자였으면 좋겠다. 아침에 일어나 밤에 있을 술 약속 생각보다 친구들과 아파트 단지에서 롤러블레이드 탈 생각이 났으면 좋겠다.

가끔은,
다시 꿈꾼다.

Experience-ism
경험주의

나는 경험한다,
고로 존재하려 한다.

Special Respect

직접
간접
조금이나마
나를 밀거나 당겼던
내게 영향이거나 영감이던
모든 사람과 장소와 사물에 진심으로 감사의 마음을 전한다.

강준구, 계한희누나, 권민호, 기대훈, 김담, 김민주누나, 김상우, 김수린누나, 김지윤, 김현진, 김형순, 김형준, 김혜민, 김홍균, 나재훈, 나종우, 노윤석형, 마정무, 민균홍, 박근영, 박기표, 박예슬, 박제민, 박주현, 박준영, 박진호, 서윤재, 손도빈, 송수지, 송인화, 신세진, 신재익, 신종권, 신주환, 안진훈, 양승호형, 여인규, 위득규, 이경륜, 이관이, 이승아, 이예림, 이용석, 이재호, 이정호형, 이정희, 이제헌, 이종호, 이지수, 이진아, 이한울, 이현종형, 이현준, 이혜원, 이호준, 장재영, 장종성, 전우석, 전한준, 정다현, 정재홍, 조성민, 조현재, 최경원, 최민선, 최민욱, 한승준, 허승원, 홍승진, 홍정곤, Axel, Kolio Plachkov, Masahiro Takeuchi, Yoshiaki Ishiyama, Jason 선생님, 제주도 리버풀 팬션, Rally Monkey 사장님, 이태원 Mystik, Coffee Tomo, 코엑스 Megabox, 가스통 1, 2, 3, 4, 5, 6, 제주도, Geneva, London, LA, International School of Geneva, 양재, 대청, Shattuck St. Mary's, Idyllwild, Walnut Hill, Central Saint Martins, SMC, 무디, 대니, 볼트, Pablo Picasso, Marcel Duchamp, Constantin Brancusi, Damien Hirst, Tracey Emin, young British artists (yBa), Francis Bacon, Salvador Dali, Vincent Van Gogh, Rene Magritte, Man Ray, Mark Rothko, Henri Matisse, Claude Monet, M. C. Escher, Paul Gaugin, Piet Mondrian, Roy Lichtenstein, Andy Warhol, Jean-Michel Basquiat, Keith Haring, Edouard Manet, Henri de Toulouse-Lautrec, Jean Dubuffet, Ai Weiwei, Jackson Pollock, Julian Schnabel, Caravaggio, Gustav Klimt, Egon Schiele, Auguste Rodin, Banksy, Jeff Koons, Chuck Close, Joseph Kosuth, Allen Jones, Le Corbusier, Ando Tadao, Louis Kahn, Antoni Gaudi, Frank Lloyd Wright, George Nakashima, Scandinavian Designers, Je-Seok Lee, Seo-Won Park, Alexander McQueen, John Galliano, Karl Lagerfeld, Yves Saint Laurent, Giorgio Armani, Tom Ford, Stefano Pilati, Hedi Slimane, Miuccia Prada, Coco Chanel, Domenico Dolce, Stefano Gabbana, Ralph Lauren, Christopher Bailey, Jean-Paul Gaultier, Roberto Cavalli, Gianni Versace, Martin Margiela, Yohji Yamamoto, Issey Miyake, Rick Owens, Riccardo Tisci, Paul Smith, Vivienne Westwood, Marc Jacobs, John Varvatos, NIGO, Verbal, Arthur Rimbaud, William Shakespeare, J. D. Salinger, Hermann Hesse, Alain de Botton, Murakami Haruki, Edgar Allan Poe, Dale Carnegie, *Secret, Sparks of Genius (생각의 탄생), Janson's History of Art, The Nature of Art,* Pina Bausch, Philippe Petit, Christopher Nolan, Paul Thomas Anderson, Darren Aronofsky, Ridley Scott, David Fincher, Gus Van Sant, Pedro Almodovar, Woody Allen, Kitano Takeshi, Kurosawa Akira, Kobayashi Masaki, Kar-Wai Wong, Guy Ritchie, Tim Burton, Steve McQueen, Steven Spielberg, Martin Scorsese, Francis Ford Coppola, Sophia Coppola, Quentin Tarantino, Michael Bay, James Cameron, Clint Eastwood, Stanley Kubrick, Alfred Hitchcock, Nicolas

Winding Refn, Xavier Dolan, Vincent Gallo, Larry Clark, Lars Von Trier, David Lynch, Chris Cunningham, Jean Luc Godard, Francois Truffaut, Jan Svankmajer, F.W. Murnau, Sergei Eisenstein, Charlie Chaplin, Georges Melies, Lumiere Brothers, Thomas Edison, Walt Disney, Bruce Lee, Chan-Wook Park, Joon-Ho Bong, Jee-Woon Kim, Ki-Duk Kim, Ik-Joon Yang, Sang-Soo Hong, Daft Punk, Justice, The Knife, The Kooks, The XX, Aphex Twin, Mylo, Lil Wayne, Drake, Young Money, Jay-Z, NaS, Kanye West, Pharrell Williams, Will.I.Am, Beyonce, Lady Gaga, Lana Del Rey, Adele, Pete Doherty, Jimi Hendrix, David Bowie, Brett Anderson, Chris Martin, Anthony Kiedis, Andre 3000, Eminem, 2Pac, Notorious B.I.G., Dr. Dre, Snoop Dogg, Kurt Cobain, John Lennon, Michael Jackson, Bob Marley, Ludwig Van Beethoven, Johann Sebastian Bach, Wolfgang Amadeus Mozart, Tokki, G-Dragon, 2NE1, YG Entertainment, Hyori Lee, Choiza, Gaeko, Tiger JK, YDG, Beenzino, Dok2, Hue-Il Cho, Seung-Jun Yoo, Tae-Ji Seo, Jin-Young Park, Kwang-Seok Kim, Seok-Chun Hong, Se-Yoon Yoo, Gu-Ra Kim, Michael Jordan, Mike Tyson, Amelianenko Fedor, Ronaldo, David Beckham, Terry Richardson, Annie Leibovitz, Albert Einstein, Jean-Paul Sartre, Fredrich Nietzsche, Arthur Schopenhauer, Arthur Danto, Leonardo Da Vinci, Michelangelo, Richard Branson, Steve Jobs, Gun-Hee Lee, Bill Gates, Mark Zuckerberg, Warren Buffett, Barack Obama, Arnold Schwarzenegger, Marlon Brando, James Dean, James Stewart, Cary Grant, Daniel Day-Lewis, Denzel Washington, Morgan Freeman, Gary Oldman, Jack Nicholson, Russell Crowe, Philip Hoffman, Johnny Depp, Will Smith, Jim Carrey, Tom Cruise, Tom Hanks, Christian Bale, Brad Pitt, George Clooney, Heath Ledger, Robin Williams, Mickey Rourke, Kevin Spacey, Matt Damon, Ethan Hawke, Ewan McGregor, Edward Norton, Ryan Gosling, Leonardo DiCaprio, Al Pacino, Robert De Nero, Audrey Hepburn, Nicole Kidman, Cate Blanchett, Angelina Jolie, Scarlett Johansson, Charlize Theron, Kate Moss, Carmen Kass, Rick Genest, Min-Sik Choi, Byung-Hun Lee, Jung-Woo Ha, Seung-Bum Ryoo, Bruce Wayne, Batman, Joker, Bane, Riddler, Two Face, Alfred, Iron Man, Wolverine, Blade, Maximus, Will Hunting, Neo, Tyler Durden, Leon, Alien, Jigsaw, James Bond, Jason Bourne, Harold, Kumar, Bonnie, Clyde, Sid, Nancy, Alfie, Gatsby, Hannibal Lector, Leatherface, Corleone Family, Tony Montana, Travis Bickle, Patrick Bateman, Frankie Wilde, Porn Stars of Japan, Porn Stars of America, Dragon Ball, Family Guy, MTV, UFC, National Geographic, Discovery, Dinosaurs, Famous Quotes, Antiques, Chess, GQ, Esquire, Big Blue Bus, UCLA Medical Center, Jesus, Buddha, and obviously more···

그리고 물론,

Mother

Father

Brother

Pepper

Lily

REFERENCE

1.   Profile of Enzo, by Enzo
2.   Photo of Enzo's wall, by Enzo
3.   Peter Pan illustration, original source not found (from Cyworld)
4.   Photo of Enzo dancing, by Suzy Song
5.   Still from Coffee and Cigarettes, 2003, directed by Jim Jarmusch
6.   Sketch on Leonardo Da Vinci's Vitruvian Man, by Enzo
7.   Knife Through Heart, original source not found (From Cyworld)
8.   Photo of Do-du dong, Jeju, by Enzo
9.   J.DeBusk. "Image166: Operation Buster." 1951. Photograph, 20x25cm. n.d. Angelfire.com. Web.
      <http://www.angelfire.com/tx/yuccaflat/atomic-photos.html>
10.   Keith Haring. "Untitled." 1988. Painting, 122x91.4cm. The Keith Haring Foundation, New York. n.d. Haring.com. Web.
      <http://www.haring.come/!/art-work/347#.Ut4ZHnu7CQ>
11.   Gazing Mouth, original source not found (From Cyworld)
12.   Pyramid of Maslows' Hierarchy
13.   Photo of Jeju Moon by, Enzo
14.   Photo of Dae-chi dong ,by Enzo
15.   Photo of Mt. Hallasan, by Enzo
16.   Photo of Anxiety of Swag, by Enzo
17.   Caravaggio. "Narcissus." 1597-99. Oil on Canvas, 110x92cm, Galleria Nazionale d'Arte Antica, Rome. n.d. Caravaggio-foundation.org. Web.
18.   Video Still of Enzo thinking, by Enzo
19.   © Salvador Dalí, Fundació Gala-Salvador Dalí, SACK, 2014
20.   Photo of Ja-yang dong, by Enzo
21.   Bluebird, original source not found (From Cyworld)
22.   © René Magritte / ADAGP, Paris - SACK, Seoul, 2014
23.   X-Ray of Iron Butt, by UCLA
24.   Photo of Brothers, probably, by Mom or Dad
25.   The Kiss, original source not found (From Cyworld)
26.   Photo of Jeju sky, by Enzo
27.   Photo of Jeju wave, by Enzo
28.   Photo of You Make My Heart Boom Boom, by Enzo
29.   © 2014 Kate Rothko Prizel and Christopher Rothko / ARS, NY / SACK, Seoul
30.   Sculpture of Bird in Space, 1927, by Constantin Brancusi, at Los Angeles County Museum of Art. Photo taken in 2013 by Enzo

양해의 글

안녕하세요,
책에 들어간 몇몇 사진들에 대한 양해의 글입니다.

첨부된 사진들의 일부는 오랜 시간에 걸쳐 언제 어디서 저장된지 모르겠는 저의 노트북 사진첩에 쌓여진, 제 글의 영감의 원천들입니다. 그 사진 한 장 한 장 모두 저작권의 출처를 찾아서 허가를 받고 사용하고 싶었지만 대부분 찾을 수 없었으며, 워낙 유명한 작품인 것들 역시 출처를 알아내도 저작권의 허가를 받는 것에 한계가 있었습니다. 제가 할 수 있는 것은 작품 출처에 관하여 최대한 조사한 양식에 맞추어 기재해 놓는 것이었습니다.

다시 말해, 작품이 추구하는 방향에 고집과 철학 그리고 자존심이 있는 창작자의 입장에서, 모두 일일이 허가를 받지 못했다고 해서 작품의 본질을 훼손시킬 수 없어 이렇게 양해의 글을 올리고 모두 사용합니다.

저의 작품은 애초에 글의 내용에만 의미가 담겨 있는 것이 아니라, 글의 내용과 사진이 설정해 놓은 분위기와의 결합에 있습니다. 사진이 관객에게서 즉각적으로 불러 일으키는 직관과 그것과 결부 되어 수동적으로 인식하는 특정 내용. 모든 글 한 편 한 편은 회화를 다루듯이 접근한 글이며, 사진이 들어간 글들은 전부 사진의 느낌에서부터 탄생하여 글로 정돈된 저의 심상입니다. 제가 사용한 다른 작가들의 작품을 남용이 아니라 일종의 '오마주'로 봐주시면 좋겠습니다.

문제가 커진다면, 어쩔 수 없습니다.
법보다 위에 있을 수 없는 저의 결과물이 초래한 결과를 따라야 하겠지요.
단지, 창작을 하는 입장으로써, 한 아티스트가 예술의 본질을 위해서 고집 부릴 수밖에 없던 심보를 이해해주길 바라는 것입니다.

감사합니다.

양해의 글[Sayne Remix]

This part is dedicated to the artists and copyright holders of the few photographs used in this book, to whom I owe an explanation.

Many of the photographs used in this book have been collected on my laptop from various places over a very long time. Even though they played an inspirational role in my writing, I failed to keep track of their sources of origin. I wanted to have the legitimate copyright use for each and every photograph that I used, but most of the photographs did not specify their source of origin while the others were far more famous pieces of artwork that were impossible for me to obtain permission for. The only thing I could do was to research and state the source to the best of my knowledge.

As a stubborn artist who inevitably fails to compromise the direction to which his artwork must flourish towards along with the philosophy behind the art, I could not, however, change the course of my book due to copyright reasons.

All of the writing in this book is inseparable from the corresponding photographs. The writing and the photographs together produce the meaning I try to convey through my work. From the immediate instinctive impact that the photographs have on the reader to their passive understanding that connectively follows, every piece of writing in this book was a reflection of my thoughts and emotions presented as though a work of painting. In that sense, I would have to ask both the reader and the artists of the photographs not to regard my work as an exploitation of others' hard work, but as an Homage to produce another piece of artwork.

Should there be problems, regrettably, I have to let them be.
I would have no choice but to face consequences of my work being unable to stand above the constitutional law. However, if I may, as creative people as we all are, I'm asking you to understand my inability to compromise for the sake of art.

Many thanks.

The Message

젊은 의식적 아티스트들과 유령들의 분발을 원한다.
그리고 그들과의 콜라보레이션을 원한다. 예술과 교육, 그리고 entertainment의 더욱
직설적인 결합으로 새로운 Culture Class를 형성하여 더 많은 사람들과 더 큰 진동을
일으키고 싶다. 너무나 얕아져 버린 대중문화에 깊이와 품위를 더하고 싶다.

예술은 진실이고,
대중은 현실이다.

그 사이에 다리를 함께 놓을 아티스트들을 찾는다.

Ring Ring

,
리
라
날
이제

The Wall

Piece of Life

season I

날 자
라 서
리 전

ENZO

"생애 첫 효도"

To, Mother

**아 거긴 추석이라며? 추석 잘 보내. 지난번 우리 사이는 폭죽이 터지는 밤 같았어 네가 웃기려고 맘먹고 농담 시작할 때 말하는 톤이 있는데 그게 너무 웃겨.

혁이 글 읽으면서 온갖 감흥이 몰려왔어. 보들레르인가 하면 르네 마그리트나 살바도르 달리의 그림을 보는듯하고 불란서 상징주의와 초현실주의 시인의 언어를 고르는 치열함이, 미학적 난해함이 있고 진지한 철학적 사고, 그리고 순수함 진실함이 다 녹아있어.
누가 여기서 한글로 책 간행했다고 주면 아무리 노력해도 읽을 수가 없었어. Boring하거나 편협하거나 상투적이거나 게으른 글은 읽기가 정말 우울하기까지…근데 혁이 글은 정말 재밌게 푹 빠지며 우하하 웃어가며 또 심각하게 읽었어. 예를 들어 Secret's Victoria라는 글은 보들레르의 A une passante를 생각나게 하는 글이야. Pop culture의 element를 (Victoria's Secret) 따와서 fleeting moment에 captured된 미(beauty)와 욕망(desire), 잡아놓을 수 없는 object of desire앞에서 느끼는 욕정과 설레임을 매우 잘 표현했어. 이건 그저 한 예에 불과해.

혁이가 매우 대단한 재능이 있을뿐 아니라 노력파라는것, 사랑스럽고 강렬하고 생각을 많이 하는 순수한 인간이며 세상의 trend에 눈이 밝다는 것도 알 수 있었어. 어쩌면 그렇게도 부모님을 완벽한 부모님이라고 할 수 있니? 네가 어떻게 했길래 그런 칭찬을 아들에게서 들을 수 있나 놀라웠어. 미국서 본 예는 완전 그 반대가 많아. 열심히 키운다고 키워도 부모에게 다 불만이 많거나 무관심이거나 부모를 괴롭히는 애들을 너무 많이 봤어.

우리 지난번 통화 이후론 내 속의 우정은 다른 level로 갔어. 혁의 책을 통해서 모든 것이 이해돼. 정말 열심히 하늘의 도움을 받아 키운 것 같구나. 혁의 글을 하나도 빼놓지 않고 다 읽었는데 거기에 대해 할 말이 너무 많아. 정말 예상치 않았어. 그저 좀 재주있는 청년의 글을 모았나보다 정도로 생각했지…정말 왜 내게 꼭 보내주고 싶었는지 알겠어. 시간 되면 하고 싶은 아직도 못한 말들이 책 때문에 많이 생겼어.

...(생략)...

고맙다 **아 지금에야 봤어. 작가님의 친히 보낸 텍스트까지 보내주니 나야말로 영광이야. 실은 일일이 쓸수없어서 그렇지 이 책엔 너무 내 맘에 드는 글들이 많아. 유쾌하고 신선한가 하면, 절절하고 저릿저릿해. 혁이 덕분에 내가 이리저리 도망다니며 피해왔던 그 운명 같은 세계를 다시 직면하게 되었어.

어떤 글을 읽고 이 작가를 만나고 싶다, 이 사람 매우 매력적이다, 이런 사람이 동시대에 살아서 갑자기 삶의 순간들이 내 주위에서 팽창되고 한없이 가치있는 황금빛으로 느껴지는 순간, 그 연금술적 순간들을 사랑해. 혁이가 글쓰는 것만 하고 싶다고 하는 말에 충격 받았어. 난 그것을 온힘을 다해 피해다니고 있었거든. 이 얘긴 개인적으로 너무 깊고 중요해서 여기서 시작할 수도 없네. 나도 왠지 맘이 한없이 벅차고 행복해. 지난번 너와 통화하고 무엇보다도 혁의 책을 읽고 난 이후…너를 전에도 좋아했지만 그후엔 내가 너와 통화하지 않고 있는 순간에도 너랑 한없이 얘기하고 싶어졌어. 혁이가 친구 세진이를 표현한 것도 너무 좋다. 내 안에 있는 혁이다움이 막 꿈틀대. 사랑하는 벗
안녕!

From, Mother's Childhood Friend